U0924484

丢失的记忆

[印] 德尔乔·达塔 著

钱志慧 译

天津出版传媒集团

天津人民出版社

图书在版编目（CIP）数据

丢失的记忆 /（印）德尔乔·达塔著；钱志慧译
.— 天津：天津人民出版社，2019.6
书名原文：THE GIRL OF MY DREAMS
ISBN 978-7-201-14689-8

Ⅰ.①丢… Ⅱ.①德… ②钱… Ⅲ.①言情小说－印度－现代 Ⅳ.① I351.45

中国版本图书馆CIP数据核字（2019）第084776号

Title of the original edition: THE GIRL OF MY DREAMS
Author: DURJOY DATTA

著作权合同登记号：图字 02-2018-385 号

丢失的记忆
DIUSHI DE JIYI

出　　版　天津人民出版社
出 版 人　刘　庆
地　　址　天津市和平区西康路35号康岳大厦
邮政编码　300051
邮购电话　（022）23332469
网　　址　http://www.tjrmcbs.com
电子邮箱　tjrmcbs@126.com

责任编辑　陈　烨
策划编辑　冀海波　辜香蓓
特约编辑　李　羚
装帧设计　朱镜霖

制版印刷　河北鑫融翔印刷有限公司
经　　销　新华书店
开　　本　880×1230毫米　1/32
印　　张　11
字　　数　200千字
版次印次　2019年6月第1版　2019年6月第1次印刷
定　　价　48.00元

我畏惧的并不是死亡本身，

而是死之前没有好好爱你。

1

事情发生得很突然，一切仿佛都静止了。

上一刻，我还在凝视着她半掩在墨黑头发下露着笑容的苍白脸庞；下一刻，我便心急如焚地催她看路——笑容戛然而止，太迟了。一辆出租车迎面直冲我们而来。她向右猛打方向盘，猛踩刹车，汽车发出一阵刺耳的刹车声，随后一头撞在了隔离护栏上。

迎面的出租车也右转了，虽然司机打对了方向，但一切都太迟了。

有什么东西爆裂了，她的身体被甩到前面。她没系安全带，脸狠狠地砸在了方向盘上，被砸过的方向盘变得像是一张半成品的黏土面具。她的脸庞碎裂了，下巴扭曲，牙齿脱落，眼球暴突。血液飞溅开来。

我的手徒劳地在空气中缓慢地向她移动着，我感觉自己似乎已经触到了她。我听见自己的肋骨在安全带的拦阻下像枯枝一样发出断裂声——当安全带把我往回拽的时候，我的胸腔充塞着深刺灵魂的痛。

挡风玻璃外的世界在不停地旋转，一次，两次。她依然在对我笑着，她的脸从脖子那里扭曲成了一个恐怖的角度，嘴唇上的伤口流着血。汽车翻过护栏，直直砸向路对面的一辆卡车。

死一般的寂静，时间仿佛静止了。玻璃、人体组织的碎片、牙齿都静静地停留在半空。忍受着巨大的痛苦，我朝她望去，那张让我迷恋的脸庞如今成了一堆血肉、碎骨和断牙的混合物。我想伸手去触她的脸，但似乎永远都触不到。一阵剧烈的嘎吱声之后，金属、骨头和血肉相互挤压成一团。

我的身体前后甩动，两条腿扭曲纠缠，韧带噼啪作响，骨头断成碎片。一块锯齿状的金属碎片从我的大腿对穿而过，玻璃碎片深深扎进我的脸颊。橘红色的火苗点燃了一切，橡胶燃烧的气味吞噬着我们，那火苗正炙烤着我的皮肤。我努力睁开被鲜血模糊的双眼，看到她像破碎的洋娃娃一样在滚动的车厢里被摔来摔去。

她大睁着眼睛看着我。我竭力寻找她活着的迹象，但我只能看到她眼睛里反射出来的——我那血淋淋的样子。她的眼睛毫无生机，脸上却露着笑容——冰冷、死寂的笑容。

一块金属像一把灼热的斧头一样刺穿我的肩胛骨，把我钉在座位上。汽车继续翻滚着，将她甩出了挡风玻璃。我朝她伸手，但她从我的视线里消失了。汽车再一次砸向地面。我也被抛出安全带，猛地砸向车顶。失去意识之前，我还喊着她的名字，但声音微不可闻——莎瑞雅丝……

达曼被惊醒了，他又弄湿了床单。尿液和汗水浸满了他的全身，让整个房间充满异味。他浑身颤抖，肩膀和大腿因为疼痛而抽搐，手抚过右肩的伤口，原先露着肉的地方已经结出一道粉红的疤痕。闹钟突然响起，他颤抖着关掉了它。之后，他从旁边的抽屉里翻出药片干咽了下去。

距离车祸发生的那一夜已经十八个月了，可噩梦还未消失，药片的作用也很有限。他起来洗了个澡，换掉床单，趁母亲不注意把它扔进了洗衣机。然后，他习惯性地在手机的搜索引擎上输入“莎瑞雅丝”，网页上出现了许多张面孔，但没一张像梦里的那个女孩。他关掉了网页——至少在今天的梦里，那个女孩是坐在驾驶座上的。她的死是因为交通意外，而不是因为他。

吃早餐的时候，母亲发觉了达曼的不适，问道：“又做梦了吗？”

达曼点点头，说：“她在开车。她死了，我没死。但我仍旧记不清她的脸。”

“哥哥，你准时吃药了吗？”达曼的妹妹普赫库问他。

“吃了，普赫库……”

“别叫我普赫库！叫我丽图，这才是我的名字。”

“无论你怎么努力，你都是普赫库。”

“那个女孩还活着。你知道，对不对？我不懂你为什么一直做这样的梦。”母亲声音凄苦地说。

“我知道。”

“梦实际上预示着相反的现实，你不该搭陌生女孩的便车。这是一个错误。”母亲说，语气里有些怒意，仿佛达曼昨天才刚搭过几乎让他死亡的便车。

“妈妈，忘了它吧。”普赫库说。

“我会的，但你不知道我们因为这女孩经历了些什么。”母亲抱怨说。

车祸发生后，达曼用了六个月时间才醒过来，然后又用了三个月时间治疗创伤后应激障碍症。如果他的母亲能决定一切，那女孩早就像达曼梦里那样死掉了。可事实上，这女孩不仅毫发无伤，还就此消失无踪了，之后达曼都没见过她。

他不知道她从哪里来、干什么工作，也不知道自己为什么会上了她的车，也不知道他们在短短的车程中都说了些什么。他甚至没办法抹掉脑海中对女孩的脸的模糊记忆——苍白的皮肤、淡淡的笑容、死气沉沉的眼睛，这些是对她所有的记忆——其他的一些细节则会在不同的噩梦间变来变去。

除了她的名字，他把一切都忘了。车祸后，他被诊断为解离性失忆症（虽然他喜欢称之为心因性失忆症，因为听起来更酷），它完全抹去了创伤事件的记忆，只留下了事件之前和之后的记忆——这是大脑的一种应对机制——他在潜意识里将与车祸有关的记忆埋葬了，果阿邦的旅途在他的脑海中一片空白，只留下一个名字。

这看上去像一个残忍的笑话。他记得和朋友一起制订计划，记得登机和住进酒店，但其他的一切……接着他能记起来的就是被叫去接受治疗。

“这不是一个错误。”达曼说。

他看了看手表，已经迟到了。女朋友阿芙尼已经发过三次短信了，从早上起他就没有回过短信，她应该已经有些担心了。

尽管已经恋爱八个月了，但达曼没有告诉她关于梦中的莎瑞雅丝的事。

*有什么意义呢？*他总是想，*我又不认识她，她只是一个影子而已。*

迅速吃完早饭后，他准备离开。出门前他看见公寓的信箱里有几封他的信。从信里翻出信用卡账单和电话账单的时候，他注意到，所有的信都被小心地拆阅过，除了一封印有印度侦探出版商标志的信。他将其他的信件都塞回了信箱。看门人跟他抱怨说，现在的人像以前一样好打听，他拿他那讨厌又爱管闲事的邻居一点儿办法都没有。

上了出租车之后，他将那封信拆开——是一封欢迎他进入集书出版社主力作家阵容的信。他笑了笑，读了两遍之后，把它重新塞回了信封。

他还注意到，信封上有一个浅浅的口红印。

仿佛有人亲吻过它。

2

德里南延地区的一家咖啡馆里爆发了一场严重的争吵，这已经不是第一次了。达曼靠在椅子上，失望地摇摇头。店里人很少，大多数人都在懒洋洋地睡觉。达曼和阿芙尼静静地等着他们的卡布奇诺和拿铁。

“你不能理解我一下吗？”阿芙尼问。

“这没什么好争论的，我放弃了。我需要专心于写作。”达曼回答说。他点起一根烟，狠狠吸了一口。

“但是你——”

“不行。我写作的时候还必须盯着发电厂的规划图——这简直让我发疯。我再也不想干了。”

阿芙尼在同意今天见面前就已经准备好了说辞，但它们却在达曼想要成为一名作家的愿望前溃不成军。有很多夜晚，她辗转难眠，想的都是达曼打算放弃一份有前途的工作转而去追求写作的疯狂决定。现在，她明白——她彻底输了。她倾身握住达曼的手。

“如果这是你的梦想，我支持你。”她说，“不管开心还是癫狂，我都会和你在一起。”

达曼的脸上露出笑容，他抓住阿芙尼的手深情地说：“我知道你会支持我。”

他的眼里闪着希望的光芒，还有他的“蠢梦”。“我这两天会签约。贾扬提·拉古纳特会是我未来的编辑，虽然她人不怎么样，但能力很强，是业内最好的编辑之一。你在市面上看到的所有畅销书，背后都有她的影子。”

阿芙尼点点头。八个月前，在遇到并且愚蠢地爱上达曼之前，她对作家和写作一无所知。她成长在一个满是会计师、银行家和放债人的家族，钱和记账是她的生活重心。运动、艺术和其他创造性的追求对她来说太疯狂，无异于赌博，是软弱和妄想的代名词。一个作家成功的概率有多大？或者一个画家扬名立万的概率是多少？有了数据，你才能了解清楚。

她父母了解到的达曼，是一个毕业于德里科技大学机械工程系，并供职于西门子电力和工程有限公司的工程设计师达曼，而不是一个梦想成为作家、等着签一本书的达曼。

是啊，即使说出来都感觉奇怪：“我男朋友是一个作家。是的，这是他的全职工作。不对，这不是一个爱好。他就是个作家，靠写小说谋生。”唯一与作家相关的职业是给报纸写文章的记者，那可不是以“蠢梦”炮制畅销书的作家。

“你打算写什么？”阿芙尼问。

他深深吸了一口烟，说：“莎瑞雅丝。”

阿芙尼皱起眉头。“为什么你总是念着这个名字？”她尖锐地问。

“我只是喜欢这个名字。”达曼回答道。

阿芙尼勉强地笑了笑。*我恨这个名字。*

“男主角的名字呢？你会用你自己的吗？”她问。

“贾扬提说我应该用自己的名字，虽然这听起来有点儿自恋。”他停顿了一下，接着说，“但这也无可避免。他们就是因为这个才和我签约的，不是吗？贾扬提说我应该在社交媒体和博客上连载这部小说——有一定的读者基础，对书上市后的销量会有帮助。”

“如果你把你的名字和莎瑞雅丝放在一起，读者会认为她是一个真实存在的人。”阿芙尼争辩说。

“这有什么关系？会有虚构声明的。”达曼回答。

阿芙尼没见过贾扬提·拉古纳特，但她讨厌达曼如此信任她。出书、上畅销榜、签售、争夺奖金——还不够一个月的生活费——这些都是她灌输给达曼的想法。

几个星期前，达曼在见了贾扬提·拉古纳特之后兴奋地回来了。贾扬提今年32岁，是印度最大的英语出版商集书出版社的执行编辑。她和达曼约在一家五星级豪华酒店见面，然后用专业术语、市场行话和出版人的精明头脑“轰炸”得他几乎找不着北——这让达曼感觉自己伟大、重要、天资卓越、不可或缺。

贾扬提在网上找到达曼的时候，他不过是一个三流小作家。他在脸书（Facebook）、电子书社区、博客以及一切能找到读者的地方发表了关于达曼和莎瑞雅丝的短篇小说。

阿芙尼在与达曼第一次长谈后就关注了达曼的社交媒体账号，并磕磕绊绊地读完了这些短篇小说。嫉妒就像一把生锈的匕首刺穿了阿芙尼的心脏，并且停在了那儿。这些小说读上去很真实。她觉得莎瑞雅丝是一个真实存在的人，是达曼的前女友或者是初恋，还有更糟的——还可能是他的现任女友。

她连着好几天没和他说话，直到他澄清为止。

“她是虚构的，只存在于我的脑子里。我用自己的名字是因为它能让小说更生动。”他说。

“所以，没有莎瑞雅丝这个人？”

“当然没有，至少在我的生命中没有她。”达曼向她保证，“我只是喜欢这个名字而已。”

“你确定吗？我的朋友们都说作家很会说谎，他们靠编故事谋生。”她笑着说。

达曼对此一笑了之。

但随着频繁的见面，她希望达曼用她的名字创作小说，而不是莎瑞雅丝，但他没有。他想象中的情人莎瑞雅丝依然出没于他的小说里，但她什么也没说。她能说什么呢？莎瑞雅丝是虚构的，是编造的，而她却是真实存在的——达曼握着的是她的手，抱着的是她的身体，爱着的是她本人。

*这个人是我，不是莎瑞雅丝。*她这样说服自己。

网上的读者中，一些人知道莎瑞雅丝是虚构的，一些人却认为这是略加虚构的真实事件，更像是自传。当其中的一篇小说在网上的点击量超过1000时，阿芙尼和达曼还买了蛋糕庆祝了一番。

那天，阿芙尼很难受，达曼注意到了。几天后，他写了一篇女主角叫阿芙尼的小说。她喜不自禁，但这幸福很快就灰飞烟灭了——读者的评论很难听——没人想看阿芙尼这个新角色，他们想要莎瑞雅丝，他们抵制阿芙尼。

*为什么？为什么？为什么是莎瑞雅丝而不是我？她根本不存在！我才是真实存在的人！*阿芙尼怨恨地想。

虽然达曼删除了这类评论，但每当她躺在床上时就会想“我们要莎瑞雅丝”那些话语，然后哭着入睡。最后，阿芙尼学会了和“莎瑞雅丝”这个名字共存。

“你觉得怎么样？”

阿芙尼回过神，她根本没在听。

“嗯，太棒了，我很高兴。你打算什么时候告诉你父母？”

达曼皱了皱眉，说：“除非我能搞定，否则我不打算告诉他们。你知道我爸爸怎么想的吗？他想让我在今后的三十年里做着我讨厌的工作。”

“你定书名了吗？”

达曼开心地笑起来，他扔掉香烟靠向她。

“《梦中女孩》，”他说，“这是这个系列的第一本书。”

“不止一本吗？”

“贾扬提觉得，把我创作出来的角色系列化很有好处。她想做些改动，但我想我不会同意。况且，莎瑞雅丝这个角色很完美。”

不，她不完美！阿芙尼激动地想，*她是你的梦中情人，那就是她*。但她什么也没说。

过了一会儿，达曼抱歉地起身去洗手间。她的眼睛没有离开他。就在他走进洗手间时，阿芙尼注意到，咖啡店尽头的一个女孩正盯着男洗手间关着的门。几秒钟过去了，那女孩仍然眼也不眨地盯着门。阿芙尼心里涌起一阵怪异的感觉。那女孩看着门，喃喃低语，好像在对着它说话。

“达曼。”阿芙尼听见那女孩嘴里吐出这个名字——起先阿芙尼并不确定。

“达曼。”那女孩又低声说。她的浓密乌黑的长发如瀑布般垂到腰间，挡住了大部分的脸庞。猛然间，那女孩抬头看向阿芙尼。她的脸苍白得好似尸体，又厚又黑的头发融进了黑暗当中。

她对上阿芙尼的视线。她的眼睛黑得可怕。她很美，但有一种令人恐怖的感觉，一种冷酷、残忍、迷惑人心的感觉。那女孩朝阿芙尼笑了笑。阿芙尼的心狂跳着，手臂上布满了鸡皮疙瘩，她急忙移开了视线。

为了避免再次与她对视，阿芙尼假装低头发短信。但她仍能感到那陌生女孩在用漆黑的眼睛看着她。她执着的目光让阿芙尼感到衣服里好像有蜘蛛在爬。“达曼怎么还不回来？”时间过得很慢。她仍能听见那女孩的低语，但只能分辨出一个词，一个很不友善的词——“下贱”。

“嘿？”

“啊？”

“你在想什么？”

阿芙尼发现自己正在出汗。达曼坐下来，挡住了那女孩的视线。她放松下来。

“我在想我们今晚应该出去庆祝一下。”阿芙尼说。

达曼竖起大拇指：“没问题，我会打电话给你。你要迟到了吧？”

阿芙尼点点头，达曼喊来服务员结账。

不久，服务员把账单放到桌子上。等他付了钱走后，阿芙尼发现托盘上有一张纸条，她拿了起来。

“这是什么？”达曼问道，然后拿起那张纸条。

纸条上用漂亮的字迹写着一条信息。

达曼念出了声：

祝这本书大卖，我知道它会很棒。

——只属于你的莎瑞雅丝，你的梦中女孩

一阵铃声响起。阿芙尼转向发出声音的方向，那个女孩已经走出了门。

当她转回头的时候，发现达曼在笑，他觉得这是阿芙尼和他开的一个玩笑。阿芙尼无力地笑了笑，然后盯着纸上的口红印。

一种暗沉的、不祥的红色。

3

达曼在污迹斑斑的镜子前打理着自己。

白衬衫是专门为了今天新买的，但在暗淡的日光灯下显得灰蒙蒙的。过去两个月里，他一直想换掉灯管，但抽不出时间。如果和父母一起住的话，他就无须关心日光灯、坏掉的烤箱或漏水的水龙头。

他从镜子下面的架子上拿出放在那儿的药片，嚼碎之后吞咽了下去。达曼希望苦涩的药味能提醒他不要喝酒。无论如何，药和酒都不是什么好伙伴。他总觉得药和酒的混合会让大脑毁灭。

他刮了两遍胡须，结果脸上被划了三道口子，最后，他不得不涂上些前一天买的润肤霜。离出门还有很长一段时间。他在公寓里紧张地踱来踱去，吸了一支烟，想要冷静下来。

贾扬提提醒过他，这些派对很少准时开始。或许，这还称不上派对，只是一场和《梦中女孩》这本书的工作人员的聚会——

他放弃了工作，搬进了一间小公寓，喝了无数咖啡，花了许多时间和贾扬提争论细节、互相争辩，不知疲倦地辛苦工作了六个月——这本书终于要在两周之内出版了。

今天，他会拿到印刷出来的第一本书。

路上没什么车，但达曼开得很慢，远远避开迎面而来的车辆。他的车几乎是全新的，花掉了大部分的预付稿酬。握在方向盘上的高级皮革时，他突然感觉到自己很富有。父亲对他的奢侈毫不关心，说他既愚蠢又鲁莽，一直以来都是这样。

当他开车经过罗竹里花园和玛莱娜维哈，刚开上达哈拉库安的立交桥，天就开始下雨了，先是毛毛雨，然后变成倾盆大雨。

他开得更慢了，并打开了方向灯。还没开到一公里，一辆摩托车从他的左边飞驰而过，擦到了车身。达曼怒骂一声，踩下油门，引擎呻吟着、咆哮着。气愤令达曼血液沸腾、伤疤刺痛。汽车经过的地方水花飞溅。几秒后，他便追上了摩托车。

达曼摇下了窗户。

摩托车手看见了他的手势，一边迂回着，一边加速冲进了车流里。达曼没有减速，一路尾随直追了十公里，直到摩托车到达目的地。

他把车停在摩托车的正前方，双手紧握，然后跳下了车。摩托车手还没来得及摘下头盔，达曼就抡圆手臂在他下巴上来了一下，伴着疼痛，达曼的指关节发出了响声。在这男人回过神以前，达曼又猛击了三下，每一下都打在他脸上。男人摇摇晃晃地摔倒在地。

达曼从他身边走开，心脏仍急速跳动着。

感觉不错。

他默默地发动了汽车，然后便驶离了地上还晕晕乎乎的男人。

“今天我也能和贾扬提一决高下了，谁让她篡改、破坏我的书。”他看着后视镜，吐露出了些笑容，“书没被毁掉，她知道自己在干什么。”达曼边开车边告诉自己：“冷静，冷静。”自从签约后，贾扬提和他取得了很大进展，虽然过程中荆棘密布。

达曼将车停在橄榄酒吧餐厅的停车场，在车里消磨时间。距离他殴打那个男人已经过去半个小时了，但他依旧焦虑不安。他远远看见贾扬提从一辆奥迪车里出来，把车钥匙交给泊车员。她穿着一条微微闪烁的银色连衣裙，看上去很华丽，甚至有点儿高贵。贾扬提身材高挑，丰满的大腿紧绷在裙子里，手里拿着一个褐色小包，大步朝餐厅入口走去。

“《梦中女孩》，我出的书，我出的书！”达曼心里想着。他的名字被永远印在书上，成为他的遗产。但他并没有感到快乐。达曼从车上下来，在侧视镜里检视自己的发型和笑容。他想念阿芙尼，如果她在这儿，事情会容易很多。她能让自己冷静下来。

达曼一边缓缓地朝入口走去，一边练习着微笑。

一走进去，大家一起举起酒杯喊他的名字。贾扬提·拉古纳特站在前面，笑容灿烂地拥抱他，然后塞给他一杯酒。达曼想要拒绝，却在大家“喝一杯！喝一杯”的喊叫声中败下阵来。

“就一杯。”他想。

贾扬提把他介绍给众人。他们大多数满脸激动，非常高兴，有点儿像是喝醉了的感觉。设计封面的李维克是一个胖胖的快活的小个子；终审编辑莎拉波尼是一个声音有力但略显忧郁的美丽女孩；小说营销高手法尔哈德是一个肚皮微凸但高大帅气的漂亮小伙儿。还有许多来自生产和销售团队的家伙，但他们的名字达曼听过就忘了。

服务员重新给他倒满酒。酒很贵，喝起来很棒，比他以前喝过的都要好。

“这是我的日子，”他提醒自己，“我会叫一辆出租车。”

不久后，大家切了一个蛋糕。在狂热的掌声和无尽的拥抱中，达曼拿到了第一本《梦中女孩》——350页厚，是极简风格的红黑封面。

随后，人群离开他去欣赏新书。达曼手里拿着书，轻轻翻动书页，闻着墨香，还用手抚摸封面。但是，他并没有像几个月前刚签了合约时想象的那么开心。

贾扬提出现在旁边，用一只胳膊搂着他。她的呼吸透着酒气。

“喜欢吗？”

达曼点点头。

“我告诉过你，不是吗？等书出版了，一切都会变好。你对那些微不足道的小事太紧张了。”

“小事？莎瑞雅丝可不是小事。”

贾扬提皱起眉，说：“又来了。这些改动很重要。一切都过去了。今天是好日子！达曼，享受此刻吧。这会开启不可思议的未来。”

贾扬提低声说着大家是多么兴奋的时候，达曼在浏览着书的内容。他越读越感到厌恶。贾扬提写的语句像丑陋的石头一样掺在他的文字中。这本书更像是贾扬提写的，她不仅进行了编辑，而且自己也写了很大一部分内容。他想要尖叫，却举起了酒杯。

“嗯。”

“好吧，等着，我会消除你的担忧。”贾扬提说，挥手示意莎拉波尼过来。

莎拉波尼已经喝醉了。她被绊倒两次才走到贾扬提和达曼面前。“她已经读了两遍。”贾扬提说，“莎拉波尼，你最喜欢哪个角色？”

“莎瑞雅丝！她太棒了！”莎拉波尼闭着眼睛叫道。

达曼拉长脸，心里生着闷气。“这不是我的莎瑞雅丝，是贾扬提的莎瑞雅丝。”达曼说，“你应该祝贺贾扬提。我的莎瑞雅丝不是这样的。”

“别这么说。”贾扬提插话道。

“那我该说什么？”

“莎瑞雅丝！哦哦哦！”莎拉波尼嚷道。

其他桌上的客人奇怪地看着他们。贾扬提让李维克带走了莎拉波尼，然后转身对达曼说：“瞧？我早就说过，书出版以后大家都会爱上全新的莎瑞雅丝。如果她不受欢迎，你可以抱怨，因为责任在我。”

服务员问达曼是否还需要酒。他知道自己不该喝酒，因为他很容易酒后失忆，但他需要忘记。于是，他点点头。服务员给他倒满酒。

继续莎瑞雅丝的话题毫无意义，一切都已尘埃落定。贾扬提强行篡改了书的内容，毁掉了达曼心里的莎瑞雅丝。书中的莎雅雅丝与他苦心创作的那个精神错乱、疯狂可爱的怪异女孩全然不同。他笔下的莎瑞雅丝面色苍白，毕业于数学专业，水平与金牌获得者不相上下，和一名创业者共同开发了一款搜索引擎。她业余时间都在读厚厚的关于有机化学、古代历史和已经消失的宗教的书籍。她喜欢博物馆、咖啡因、火和达曼（书里的角色），还喜欢玩“敲门”游戏。

而贾扬提创作出来并强迫他接受的新莎瑞雅丝是一个存在于

米尔斯·布恩出版的书里的女孩。她忸怩作态，很懂礼仪，毕业于英语专业，在一家新闻门户网站实习，浑身都泛着乏味无趣，就是一个垃圾。

“这样才行得通，卖得好。这样写才对，达曼！我了解行情！听我的，否则这本书会一败涂地。”每次达曼和她争论的时候，她都这么说。

在无数次拖延和超出截稿期后，达曼屈服了。

达曼一直静静地喝着酒。大家慢慢离开了。贾扬提是最后一个离开的人。她告诉达曼，如果他想的话可以继续留下来。

她走后，达曼陷在沙发里，又叫了很多酒。之后的事情显得混乱模糊。他开始读书，贾扬提篡改过的句子飘到书外，缠绕着、紧勒着他的脖子，让他喘不过气。但很快他就对这些置之不理了——他又叫了一瓶酒。不知过了多久，他昏睡了过去，梦见愤怒的读者成堆地烧着他的书。

人人都会讨厌莎瑞雅丝。

醒来的时候，服务员正看着他的脸，餐厅要关门了。于是，他便带着一瓶没喝完的香槟蹒跚地走出餐厅，向汽车走去。

他对着瓶子喝了一口酒，然后坐进车里，闭上眼睛，摸索着手机，想叫一辆出租车，但哪儿都找不到。他想象着自己正撕开贾扬提的喉咙，然后就昏了过去。

4

睁开眼时，达曼看见一个女孩正坐在驾驶座上冲着他笑。“嗨。”女孩说。

“你是真人吗？”莫非又在做梦？他咕哝着，“让我看看你的脸。”

达曼看到了女孩的笑容。“我会记住你的脸。”他说。

“我希望你能。”他听见女孩说。

他傻乎乎地笑，含糊地说了许多话，然后渐渐地睡去。等醒来时，达曼发现自己在汽车后座上。

“我们去哪儿？”他问，“你是莎瑞雅丝吗？”

没人回答。

他头晕眼花，感觉全世界围着他转个不停。他又在驾驶座上看见了那女孩——乌黑的头发，苍白的皮肤，深黑的眼睛，血红的嘴唇，仿佛是从《梦中女孩》里走出来的。他露出一个恍惚的笑容。

“你是莎瑞雅丝吗？”他嘟囔着说。

“不，我在做梦，贾扬提已经杀了你。”他怀疑地说，“她毁掉了你，我在做梦，这是药和酒的作用。我真不该喝最后一瓶酒……”他自言自语道。

“睡吧，你醉了，宝贝儿。”他听见那女孩说。

于是，他便像个孩子一样又睡着了。再次醒来时，汽车停在了一个偏远的地方。一片寂静。他试图自己站起来，但向前摔倒了，下嘴唇破皮流血。

那女孩正在读《梦中女孩》这本书。她转过头看着他，脸上的微笑消失殆尽，瞪着他问：“为什么？”

接着，她拿出一把扳手放在副驾驶座上，然后掏出一支口红，对着后视镜涂抹着。随后她把口红放回去，举起扳手想要砸烂他的脸……

“为什么？”达曼喊道。

“这不是我。”他听见女孩说。

“但是……但是你扔下了我。”达曼说。

“这本该死的书！”女孩咕哝着，举起扳手挥出死亡的弧度……

达曼惊醒了过来，他努力地感受着一切——自己的脸没有被砸烂，但嘴唇上的一个小伤口却在流血。他发现自己正坐在汽车驾驶座里，而车就停在公寓楼外面。

他摇摇晃晃地爬出车外，立刻呕吐了起来，又是打嗝又是恶心，胃里的东西被他吐得一干二净。他靠着前轮滑倒在地，半梦半醒地坐在那儿，直到中午才完全清醒过来，烈日之下的达曼浑身淌着汗水。

清醒过来的达曼回到了车子里，待在开足冷气的车里，实在太冷了。打了个冷战之后，他将空调关掉了。他坐在车里，一边责骂自己喝了太多酒，一边努力回想昨晚到底发生了什么事——摩托车手、派对、贾扬提、书、服务员，还有梦。那个女孩是谁？该死的，又是梦。他从杂物箱里摸出手机，上面有阿芙尼打来的二十地个未接电话，还有几个是他的父母打来的。

他先打给阿芙尼："嘿？"

"达曼，到底出了什么事？我一直给你打电话。我很担心！"

"我……我昨晚喝酒了。"他说，"刚到家。"

"我联系了橄榄餐厅，他们说关门的时候你已经离开了。你去哪儿了？"

"是的，是的。我开车回家，但在车里睡着了。我刚刚才醒。"他一边说着，一边把手按在疼得要爆炸的头上。他需要一颗藏红素。

"你怎么回事，达曼？"她高声说，"还有你给我发的什么信息？"

“什么？什么信息？我什么也没给你发……”他说，“我记得……”

阿芙尼读出那条短信：“你配不上他。”

“我没发过。”他停了一下补充道，“我肯定是想发给贾扬提。”

“为什么？”

“因为书，阿芙尼。我拿到了书，但它……它和我期待的不一样。今天晚上再详细和你说，现在我觉得自己快死了……”

“要我过来吗？”

“不用，我能行的。那今晚见，好吗？我会全部告诉你。”达曼说完便挂断了电话。

达曼在发件箱里找到了发给阿芙尼的短信。他庆幸自己没把短信发给贾扬提，但奇怪的是自己为何会以第三人称写短信？

“我该戒酒了。”他在车里到处找那些书，杂物箱、后备厢，甚至是座位底下，但都没有找到。或许是忘在餐厅了。他失望地下了车，想着打电话问贾扬提再要些样书。刚拨了她的号码，达曼就发现距汽车两码[①]外的地方有一堆冒着火光的余物——看着像是烧焦的书皮。

他挂了电话。

① 英美制长度单位，1码约等于0.9144米。

“这是书吗？”他心想，接着走了过去，弯身查看那堆冒着火光的余物。五本《梦中女孩》只剩下些烧焦的纸和灰烬。他捡起半张奇迹般逃脱火烧的书皮，喃喃道：“这是我什么时候干的？”

他发短信给贾扬提，请她再快递一些样书过来。

随后，达曼拖着沉重的步伐回到公寓。贾扬提写的描述莎瑞雅丝的开场白跳进他脑子里——“出生于1988年，皮肤白皙的莎瑞雅丝是每个男孩的梦想，她性格美好，说话温柔，快乐又善良”——这让达曼反胃。

他想起贾扬提的话：“人人都会爱上全新的莎瑞雅丝。”

“该死！”达曼脱口而出。

5

“《梦中女孩》的作者达曼·罗伊抓住贾扬提·拉古纳特的脖子，砸碎了她的喉咙。他拽着她的头发，不断把她的头撞向办公室的玻璃墙。她的身体摔在地上，手指抽搐，双腿颤抖——把他的书改成一堆垃圾，这是她应得的惩罚。”

达曼收住了幻想，看着贾扬提办公室里裂了的玻璃墙。

贾扬提微笑着坐在椅子上，等着达曼开口。

“房间里为什么有一股臭味？”达曼问。

“我们能说重点吗？你……”贾扬提回答。

“你说人人都会爱上全新的莎瑞雅丝，但他们讨厌她。”达曼抱怨说。

“达曼，你不知道自己在说什么。首先别转来转去，坐下。你快让我崩溃了。”贾扬提倾身向前，两手交握在准备印刷的书稿样张上。桌子上放着三个喝光了的咖啡杯，周围堆满了平装书和精装书，像个小山似的。

贾扬提看向阿芙尼：“让他冷静一点，好吗？”

阿芙尼拉住达曼的胳膊，达曼坐了下来。他说：“贾扬提，你在逗我玩儿吗？人们不喜欢我的书。你去看看评论。他们讨厌书里的莎瑞雅丝——你创作的莎瑞雅丝，你写出来的莎瑞雅丝。她只是男主角喜欢的莎瑞雅丝。她本该走得更远。而且，我不想再回答书里的男主角是不是我的问题了，我快被烦死了。我说过，我们应该换一个名字的，不该用我的。”

“以后别再说这个话题了。我们用你的名字是因为这会让人们觉得这是真事，而且读者也容易接受真事，你知道的，对吧？电影也经常这么干。你不会真的认为这些电影是由真事改编的吧？全都是胡扯！”

达曼曾经无力地同编辑抗议过，但面对狡猾的贾扬提——她预言说如果不这么做书就完了——一直到书快要印刷的那天他都从未胜利过。

“我给你读几条评论，等着。”贾扬提·拉古纳特说，在网上搜索《梦中女孩》的评论。

“有了。”她读出来，“‘这是一本经典的浪漫小说。’‘喜欢这个结局。’‘我爱莎瑞雅丝。’‘我看得哭了好多次。’‘我完全爱上了这个故事……’你在说什么呢？大多都是好的评论。”她把笔记本电脑转过来给达曼他们看。

达曼翻了个白眼。

阿芙尼拉过电脑，仔细地读着那些评论。其中绝大多数是好评，但网上的评论不止这些。过去的几天，达曼把每一条差评或中评都发给了阿芙尼，尤其是那些称莎瑞雅丝是一个陷入困境的老套的软弱女人的评论，和那些称达曼是一个旧瓶装新酒的失败作家的评论。

最刻薄的评论来自那些在脸书上读过达曼短篇小说的人们，那时他还没签约，大家都喜欢原来的莎瑞雅丝。他们称他是“叛徒”。他把这一切怪在贾扬提的过度编辑上。如果达曼早知道贾扬提美丽高挑的外表和亲切的双眼之下是一个控制欲超强的悍妇……阿芙尼承受了达曼大部分的怒火，成了唯一能阻止他自我毁灭的人。

贾扬提继续说：“瞧，达曼，我不知道你追求的是何种认同，但刚上市三周就能卖出一万五千本新书，已经很不错了。你不该去想少数人对书中女主角的看法。看看整体形势，这本书很受欢迎，甚至登上了印度《时代周刊》畅销书排行榜。”

“你为什么不把这个贴在脑袋上炫耀呢？”达曼大声说。

“达曼，我不知道你在抱怨什么。现在，其他刚出道的作者都想获得你这样的成就。”

“她说得对。”阿芙尼说。

达曼狠狠瞪了阿芙尼一眼。“贾扬提，我该为你鼓掌吗？”达曼嘲讽她，“外面的人都说我是又一个卡西克·伊耶——一个低级的沽名钓誉者。”

“听着，达曼。我找到你并和你签约的时候，你不过是个在脸书上随便写写的小作者。你竟然敢说是我毁了你的事业！你搞清楚，是我为你开创了事业。”

“你找的我，记得吗？你找到我，和我签约，因为你觉得这本书会成功，可不是在发善心。你知道我在网上的读者会买书。你知道我的书有潜力。”

贾扬提自喉咙里发出笑声：“读者？网上？就跟真的似的。推特和脸书上的关注不能代表什么，达曼。网上喜欢或分享小说用不着花钱。而卖出一本书需要好故事、市场影响力和聪明的编辑及宣传人员。人们整天悲伤地传播等死的穷人的视频，抱怨现实多么悲惨，但不会给他们捐一毛钱。你要怎样让他们在你身上花钱呢？”

“他们已经花了。上网并不免费，贾扬提。”

“哈哈，好大的笑话，达曼。你太搞笑了。你应该把这个写进你的下一本书里，嗯？”

阿芙尼看着两人你来我往地相互攻讦着，像是一名观众在观看网球比赛。阿芙尼来过这个办公室一次，那天达曼过来签约，觉得这会改变他的生活。那天，她就注意到贾扬提·拉古纳特衬着厚垫子的椅子后面有一块巨大的公告板，上面贴满了她在漫长的职业生涯里出版过的畅销书的封面，有三十本的样子。

这种成功的概率曾让阿芙尼感到憎恶：“如果达曼的书上不了畅销榜怎么办？”但今天，这块板上完全被一张空白的图表覆盖。“我想换个背景。”贾扬提这么解释说。

这不是办公室里唯一的改变。桌子也是新的，打印机、笔记本电脑和地毯看上去几乎都是全新的，墙上的玻璃也裂开了，房间里充斥着一股奇怪的味道，就像用很多香水来掩盖腐烂的尸体一样。

在他们持续争吵时，阿芙尼瞄了几眼手表。半小时后，她要在阿瓦隆与人见面。如果遇上堵车的话，肯定无法准时到达。

“达曼？”她说，“我很想留在这里，但我得去工作了。这是为了我们好。达曼，看看你的周围，那么多作者，只有几个名字成功地上了她的公告板。你的稿酬预付金已经用完了。要是你没买那辆车多好……要是你没有辞职多好……我必须工作，这样你才能全心全意地写作。”

贾扬提和达曼同时看向她。她指了指手表，达曼会意地点点头。阿芙尼站起来拥抱他，在他耳边低声说“保持冷静”，然后就离开了。

阿芙尼走后，贾扬提说：“你是一名好作者，这点毫无疑问，但你仍旧有许多东西要学。达曼，你知道你为什么最后同意了改动吗？因为害怕，你害怕这本书不会成功。这就是你和我争论却争论得不彻底，对我有异议却力度不强的原因。因为在疑惑的时刻，你相信你的编辑，她在业内待的时间比你长多了。”

“是啊，我错信了你。你骗了我。因为你的合约，我辞去工作，搬出父母的房子。但你给了我什么？低到极点的版税和你这样的随意篡改？”

“没人强迫你签合约。你本来可以为了莎瑞雅丝更有力地抗争，但你没有。而且要我补充的话，你还得到了足够的钱和一本畅销书。假如没有把钱全花在汽车上，也许你就不这么愤怒了。”

“哦，现在你成了我的理财顾问？下一步呢？你要命令我吃什么东西吗？”达曼讽刺说。

“够了，达曼。我不和我的作者，特别是刚出道的作者废话。如果你没本事的话，我会把你踢出我的名单。”

达曼无视她咄咄逼人的语调，打断她说：“无论如何，贾扬提，我的名字出现在一本把莎瑞雅丝塑造得像狗屎一样的书上是事实。无论你说什么也改变不了这一点。”

贾扬提耸耸，说："你知道不会改变的是什么吧？你会成为一名作家。如果你让我修改一些东西，你的书能在很长一段时间里畅销。你再也不用回去当一个工程师了——这对很多人来说意义重大。你知道印度有多少作者可以靠写作维持生活吗？一只手就能数出来！卡西克·伊耶、阿努杰·巴加特、卡兰·塔瓦尔、古佩特·考尔……我能让你和他们一样。如果你不知感激，那我想你就太缺乏远见了。听着，我做这行很久了。改书是我的工作，而且我干得很好。"

这时，一名勤杂工来敲门叫贾扬提去开会。她看着达曼说："我得走了。你回家以后想想这本书会给你带来什么。等你意识到我是为你好，并且开始写第二本书的时候，我们就可以签约了。"

达曼嘲讽道："没门。"

"我们都要挣钱，达曼。我知道你已经把你处女作的预付金花完了。"

"你这么对我……"

"让我说完。你拒绝参加《梦中女孩》的发布活动。你觉得不宣传的话书能大卖多长时间？所以，理智地想想，不要表现得像个小孩。给这本书开一两场发布会，然后开始写下一本。我们建立了很好的团队。不要忘了，我们都在为你工作，你得到的最多。"

“我……”

“我喜欢你，达曼。你有激情，我喜欢这点，但你需要放轻松。现在我得去忙了。”她站起身来说，“我会等你的决定。”她伸出手和达曼握手。

达曼一句话也没说，阔步走出房间，徒留贾扬提的手举在半空。贾扬提看着他走出去，达曼令她喜欢的特质也同样令她讨厌。他充满激情，几乎有点儿疯狂，在精神错乱的边缘徘徊。她能在他神经质的、混乱无序的写作中看出这点。当然，减轻书里的疯狂是她的责任。

她还记得达曼拿到《梦中女孩》样书那天愤怒的双眼。有一瞬间，她感到极度恐惧，就好像达曼会把酒瓶砸向她的脸，幸好他没这么干，整个晚上进行得很顺利。

只有他那个腼腆的小女友能让他冷静，贾扬提希望她能把他点醒。

她看看周围，叹了口气。一周前，有人闯进了她的办公室。入侵者砸坏了包括桌子、笔记本电脑、打印机在内的许多东西，还喷了漆。入侵者还试图把椅子扔出玻璃墙，弄得她不得不换掉它们。但最恶心的还是气味——地板被粪便和洒水器喷出的水搞得一塌糊涂。因为让人难以忍受的臭味，他们不得不把整个办公区关闭了两天。尽管喷了许多香水，但贾扬提仍旧能闻到潜藏其中的臭味。

入侵者甚至连书都没放过，有一些被烧掉了，其中就包括贾扬提的《梦中女孩》样书。幸运的是，洒水器在火势蔓延之前浇灭了它。集书出版社办公区的监控系统很长时间都未启用，所以没有拍下这事是谁干的以及是如何发生的。

两年前，曾有一个疯狂的粉丝闯进办公室偷走了卡西克 · 伊耶的新书样书。图书行业从来不缺古怪的粉丝，但就算是贾扬提也得承认，这是她经历过的最过分的一次。

她拿起笔记本电脑，关掉评论页面。离开时，她的视线落在盖在公告板上的空白图表上，在它下面是达曼这本书最引人注目的评论——以粗体红字喷在贾扬提这些年来出版的畅销书的封面上：

别碰达曼，你这个蠢货。

6

达曼提前到了夏屋酒吧，桌子上还有一杯没喝的冰咖啡。他成功抵制了啤酒的诱惑。只要喝多了酒，他就会在这里发疯，这种事过去发生过。

他笑着回忆起以前的恶趣味——那时，他溜到酒保身后偷了一瓶未开封的威士忌，在原位放了一个装满尿液的啤酒瓶。这事发生在三年前，但现在想起来遥远得像是发生在另一个时空。

“哦，庆祝已经开始了！”

“嘿，伙计。”达曼从高脚椅上下来，单手抱了抱苏米特。

“你看上去心情不太好。”苏米特说。他点了两杯啤酒，但发觉达曼面前有杯冰咖啡时，便取消了一杯。“明智的选择。”他说，“别忘了提醒我少喝点，今晚我还有个约会。”

“你？”达曼开玩笑地看着苏米特的大肚子。

“手机交友——我在爬那些该死的楼梯时得到了一个‘配对邀请’。”苏米特说。他总是抱怨夏屋酒吧的楼梯，又陡又怪，当你喝醉的时候下楼梯尤为困难。

“她会来这儿。”

“这儿？”

“我告诉她我会在夏屋酒吧，她说她和朋友正好今晚也要到这里来。这是我从交谈到约会最快的一次。我想，对于讨女孩儿欢心我越来越得心应手了。”

“让我看看她的照片。”达曼问，他仍旧不太相信。

苏米特掏出手机给他看照片。达曼笑道：“这只是嘴唇而已。”

“是世界上最性感的嘴唇。”苏米特说，又给他看那女孩血红的嘴唇特写。

“祝你好运。”达曼说，“希望她不是一个男人或连环杀手。”

“我们应该经常见面，你是我的幸运符。”苏米特拍了拍达曼的肩膀说。

达曼窃笑不已。虽然苏米特是达曼的大学学长，但他们建立了一段了不起的友谊，并在过去六年里不断加深。

与达曼不同，苏米特不会凭空幻想，也不会把自己的命运交给一个像贾扬提这样的女人。他在阿尔斯通工程集团工作，迟早会移民到中东，然后得到一张绿卡，买一辆日本产的SUV，然后勇往直前。苏米特费力地爬上高脚椅。

“怎样？你读了吗？怎么看？”达曼问。

苏米特喝了一大口啤酒，说：“就书而言，我是站在贾扬提·拉古纳特一边的。我从没想过我会喜欢你写的东西。她干得不错，让书有了可读性。”

“你一定是在开玩笑！你真的喜欢她写的莎瑞雅丝吗？得了吧！”达曼争执道。

“真的，她比你在脸书上写的那个奇怪的莎瑞雅丝好多了。”

“她不奇怪。”达曼抗议说。

“是，她不奇怪——奇怪根本不够形容她。在脸书上的一篇小说里，她为了证明一个观点烧了男主人公的手机；另一篇里，她为了抗议男主人公的行为剪掉了头发。谁会干这种事？这不是奇怪，这简直是发疯！”

“这是爱情。好吧，这不是那种普通的爱情，但它仍是爱情。而且，她有这样做的理由，她在不惜一切保护她的爱情。如果有必要，我也会做同样的事。”他争论说。

“达曼，你的心理已经扭曲了。”苏米特笑出声，随后急急地说，“无所谓，伙计。新的莎瑞雅丝值得信赖，并且亲切友好。贾扬提知道她在做什么。但我希望她能让你把名字也换掉。莎瑞雅丝不是一个好名字。”

达曼翻了个白眼，说："伙计，你还在介意这个？"

"是的，没错！你从不厌烦用这名字写作，现在还用这名字写了本书，但我不想你用这名字。"苏米特高声说。

"只是一个名字，你知道的。"

"嗯。你还在做噩梦吗？"

"是的。"

"在噩梦里她还是死了吗？"

"差不多吧。有时也没死。"

"你还记得其他事吗？"

"不，什么也不记得，只记得开车前的几秒，但在梦里每次都不一样。"达曼说。

"你在吃药吗？"

达曼点点头。苏米特叹口气，说："下次你再想起她的名字时，记得有这个名字的女孩差点儿让你死掉。"

"你永远都不会忘了这个，对吧？"

"我当然不会忘。是我们在医院里忍受了六个月，不是那女孩。她在车祸后逃走了。我厌恶她，也厌恶她的名字。如果你没用她的名字，我会真心喜欢这本书。你可以用阿芙尼的名字代替。"苏米特说。

苏米特陪着达曼的父亲花了几个月的时间找不同的医生询问

他们的意见。等达曼苏醒后，他们又带他进行物理治疗和心理治疗。虽然昏迷消除了他的某些记忆，但达曼对这两种疗法反应良好。他第一次恢复意识的时候，甚至忘记了如何走路和使用厕所，也忘记了怎样握笔。

“开车的女孩和书里的女孩没有任何关系，我根本不知道她长什么样儿。我只是给角色选了这个名字而已。”

“名字而已？那为什么书里的莎瑞雅丝和车祸里的莎瑞雅丝那么像？苍白的脸庞？长长的黑发？”

达曼对此没有答案。他说：“该死。我们能谈点别的吗？”

“如果我是阿芙尼，肯定会掐死你，谁让你在书里用其他女孩的名字的？我不知道她怎么会受得了你。你不会再遇上像她这么好的女孩了。告诉我，你跟她说了那些噩梦吗？”

“没必要，她已经够为我担心的了。我们能谈点别的吗？”

“那你答应我，假如噩梦变糟的话要告诉我。我们可以再回去治疗。创伤后应激障碍症不可轻视，它复发后……”

“好的，伙计。我会告诉你。”

苏米特又喝了一大口啤酒。他说：“别再因为书的事情闷闷不乐了。这对你的精神健康不好。它卖得很好，你只需要享受成功就好。”

“我不想变成又一个卡西克·伊耶。”

“他是谁？”苏米特说，又跟服务员要了一杯啤酒。

“他是一个作家，专门写愚蠢至极的爱情小说。写了二十多本，每一本都在重复同样的内容。潦倒的男主和漂亮俗气的女主陷入爱河，两三个好笑的场景，几次亲密的对话，然后遭遇一场悲剧，一切都很完美，结局也很完美。他一直在写他的女朋友凡尼卡——基于一般的恋爱标准，他们应该是最完美的一对。”

“我应该会喜欢他的书。这是这个世界所缺少的——爱。你应该写一个迷人的爱情故事。”

达曼举起手抗议：“我才不干。那就像《黑客帝国》，人人都爱史密斯探员。你确定你不是贾扬提·拉格纳特女扮男装的吗？”

“没错！”苏米特说，然后用手在胸前比画着托了托。

达曼对他的粗俗无可奈何。一小时后，达曼告别了苏米特。阿芙尼少有地提前下班了，他们准备去看新上映的漫威电影。

达曼走了，留下苏米特独自等待一个拥有血红双唇的女孩。

7

为了打发时间，苏米特不住打量酒吧里的女人。不久，苏米特偷瞄最多的一个女孩离开同她一起来的人，满脸笑容地朝他走了过来。

她穿着夏日洋装和平底鞋，在昏暗的酒吧里格外显眼。在此之前，她一直用非同寻常的眼神同苏米特互动。如果她在人群里挑中了苏米特，这将是一个开端。她没说话，直接爬上达曼之前坐的高脚椅，朝苏米特伸出手。

“嗨！”她招呼道。浓密的长发被染成了鲜艳的棕色和红色，紧紧扎成一个高高的马尾，深黑的眼睛闪耀着诡异的光芒，深色的口红在酒吧暗淡的光线下艳丽夺目。

“嗨！”她刚靠近，苏米特就猛地回过神来，“是你？”

女孩点点头。

“所以你不是男孩？也不是连环杀手？”

“我绝对不是男孩。但对于后者你不能肯定，对吗？不过事到临头，我想我会好好享受一场谋杀。”女孩笑着说，“我是莎瑞雅。”

“苏米特。”

“你的领带不错。”

“你的头发不错。”苏米特说。

“我昨天刚染过，红色有点儿污点并且参差不齐，我希望它会变得更好。我厌倦了黑发。”

“看上去很完美。”他说，“你什么时候到的？我看见你……”

“我比你早到，和朋友一起。”她指了指那群穿着制服的朋友（他们正在喝酒）。“我看见你在我们配对几分钟后就进来了。我可不玩Tinder这种东西，我更希望建立长期关系，但今晚我感觉有点儿兴奋。”女孩说，一边笑一边朝他放电。

*确实兴奋！*苏米特想。“所以，我们配对时你已经在这儿了。为什么不过来打声招呼呢？”

“我不想打扰你……嗯……好吧，我得承认，我喜欢看你和你朋友交谈。但我希望你不会把我当成一个尾随别人而且在认识别人之前就想要搞清楚一切的跟踪狂。我可不是这样的人。”她边说边笑着将手放在了他的手上。

“当然不会，为什么要这么想呢？而且即使你是跟踪狂，我也不介意。”苏米特眨着眼说。

她咯咯笑道：“没错，你说得对。在自以为是的掩饰下，我们全是跟踪狂，不是吗？如果没有好奇心，我们何以成为我们呢？”

苏米特笑笑。

“和你在一起的人是刚出书的那个作家吗？”女孩问，眼睛像黑宝石一样闪闪发亮，“达曼·罗伊？”

“你认识他？那你应该过来介绍自己，他会很激动的！你读过他的书或是网上的小说吗？哦，我忘了问你要喝点什么了。”

女孩微笑着，点了一杯血腥玛丽。苏米特也点了一样的酒。

她继续说：“我也许偷听了你们的谈话。这是一个老习惯，我没法控制。我只要一听到自己的名字，耳朵就会竖起来。所以，我猜你们在谈论你晚上的约会。”

“你的名字？哦！莎瑞雅和莎瑞雅丝。不，不，我们是在谈论另一个人！”

酒送来了。苏米特伸手想给莎瑞雅递一杯，但她拍开了他的手。

“谨慎而已。”女孩说。苏米特迷惑地看着她。

“你看上去很正直，不过，我很注意不让别人碰我的酒水。我不想先是头晕恶心，然后昏迷不醒，最后发现被人侵犯。”

苏米特点点头，让她自己拿了酒水。“你和你朋友在谈什么？”女孩问，“你们看上去在争吵。”

“哦，你不会想知道的，什么也……”

“我想知道。告诉我，哦，不要惊讶，我是水瓶座，我们喜欢问东问西，特别是喝醉的时候。”

“啊，真的没什么。他沉迷于一个不该沉迷的女孩，也不算女孩，他沉迷于一个名字。他把这个名字写在书里，可他不该这样。她……她差点儿害死他。”

女孩倒抽一口气。“她？怎么会？”她用一种压低了的诱惑嗓音问道。

“哦，没什么。”

“你不能对我说了这些以后又不告诉我整件事。”

苏米特告诉了她两年前他们去果阿邦最后一天发生的事——达曼从酒店回来的路上搭了一个女孩的车。随后，他又跟她说了那场车祸，说了他们怎样在汽车残骸中找到达曼，以及达曼在医院里与死亡做斗争的时光。

“她怎么样了？”

苏米特没有回答。过了很长时间，他说：“她是死是活和我们无关。”

“你很生气，但我不明白为什么。”女孩说，“你不该为你的朋友高兴吗？看上去你无法接受他仍爱着她。对于一个使用手机交友的人，你应该知道找到真爱有多么难。难道不是因为这样我们才求助这些应用软件的吗？我们因为找不到爱情，所以去寻求一段亲密关系。亲吻、表白、介绍自己，虽然大家不知道真假，但希望是真的。我觉得，他很幸运能迷恋某个人。你应该支持他，而不是斥责他。”

“什么？你在说什么？”苏米特问。如果这女孩不那么……性感的话，他早走了。“她差点害死他，他还要迷恋那个蠢货。”

“我觉得你应该尊重女性一点儿。你怎么知道这都怪那个女孩？也许是达曼开的车？不管怎样，你没权力这么叫她。”

“别提这个了。”

“为什么？这很有趣。我喜欢美好的爱情故事。我说过，我是一个专一的女孩。”女孩紧紧握着苏米特的手。苏米特看着她。显然，她是约会过程的主宰，毕竟他有点儿配不上她。

女孩继续说：“排除你对那女孩的偏见。在你看来，他还是爱着她的，对吗？”

“当然不是。他写的不是汽车里的女孩，不过是用了她的名字。小说里的女孩只是他想象中的虚构人物，他凭空塑造了她。他根本不记得车祸里的女孩，所以不可能爱上一个不存在的人。”

“如果她确实存在呢？如果她和脸书上小说中的女主角一模一样呢？”

苏米特大声笑道：“那我要提醒达曼小心了！脸书上描写的女

孩很可怕，编辑贾扬提创作的女孩还不错。先说一声，这也是我们争论的内容。”苏米特皱着眉说，“你确定你想继续约会吗？我可不是书的作者。如果你需要，我可以给你他的邮箱。”

“我想继续约会，宝贝儿。我在Tinder上和你配对了，不是吗？”女孩说。苏米特不知道她是性感还是刻薄。

她继续道：“所以就我的理解，贾扬提谋杀了达曼在那次车祸后创作的角色——他在网上发表的八百六十篇文章。而且达曼让她这么干了，这非常让人失望，不是吗？让人那样毁掉自己的爱情故事？不过，你和贾扬提都不会理解。你对爱和写作知道些什么呢？”

“你是粉丝吗？”苏米特问。

他发现，她不再握着他的手了。

“我知道他还爱着莎瑞雅丝，只要让他想起来。如果莎瑞雅丝——车里的那女孩——重回他的生命，你觉得达曼会作何反应？”

“她不会。”

“如果她会呢？”她问，眼神闪烁。

“我会让她从哪儿来再回哪儿去！”他高声说。

“他会甩掉现在的女朋友吗？阿芙尼，对吧？我读了他的推特。他不怎么提到她。我肯定，如果莎瑞雅丝想的话，他会甩掉阿芙尼，他不爱她。”

“什么？”

女孩说：“如果你不介意的话，我想去趟洗手间。很快，你还没注意我就回来了。我很喜欢你。我希望我们能经常见面，宝贝儿。”她的手指抚过他的脸庞。

苏米特还没来得及说话，她就离开了，迈开脚步走进人群中。

*她疯了！*苏米特想。直觉告诉他应该离开。*但她很性感*，他心里说。所以他留在那儿，又点了一杯鸡尾酒。他喝完一杯又一杯，但她一直没回来。他付了酒钱，然后去洗手间找她。她的朋友已经走了。他查看了整层楼，挤开人群叫她的名字，但哪里都找不到人。他又累又气愤，决定回家去。

他刚走出夏屋酒吧的大门，突然感觉天旋地转。他的膝盖疲软，不得不抓住扶手以免从夏屋酒吧陡峭的楼梯上滚下去。他努力睁开眼，但睡意像潮水一样涌来。他试图抵抗，但这睡意太强烈了，最终，他还是失去了意识。他闭着眼，手松开了扶手，像个死人一样从楼梯上滚了下去。

十二个小时后，他鼻青脸肿地在路上醒来。

钱包和手机都不见了。他的身体里残留着一种强烈的松垮感。

这种后遗症不是来自酒精，而是来自一种流行的迷幻药——洛喜普诺。

8

贾扬提·拉古纳特在一周内就做好了所有准备——发布在社交媒体上的海报、媒体采访、横幅以及刊登在报纸上的少许广告。

达曼闭上满是血丝的眼睛躺倒在床上。他熬了一整夜，给每一名订阅者发了新书发布会的邀请邮件。早前，阿芙尼说服他同意在德里的牛津书店举办一场《梦中女孩》发布会。

“你应该这么做。”阿芙尼说，“大家喜欢这本书，也喜欢你，只有少数人喜欢先前的莎瑞雅丝。贾扬提说这些发布会对书的销售有帮助。而且，你知道，”她停顿了一下，没有直接点出他面临的经济危机，而是用柔软的唇瓣亲吻他的脖子，“我会在那儿阻止他们说坏话，好吗？”

达曼睡了几个小时，醒来的时候，阿芙尼已经去上班了，手机显示有三通母亲打来的未接电话（他们约好了一起吃午饭）。他飞快地洗漱完，胡乱地套上了一件新T恤，便出发前往父母家。“父母家……”他不快地自言自语——六个月前那儿还是他的家。

不久，他就到了门前——从他的住处到父母家步行只要十分钟。母亲开的门，他一进去就闻到了食物的香味，当然还伴着父亲不高兴的气息。

“瞧啊，他来了。”他母亲说，亲吻他的脸，“你从早上就没吃东西吧？”

母亲喊了一声普赫库——达曼十三岁的妹妹。她跑向达曼，拥抱他，说她想他，随后责怪他不回她的短信。

“我在写作，普赫库。”

“哦，哥哥，你的意思是J.K.罗琳和乔治·马丁几天都不看手机吗？”

“好啦，是我不好。”达曼捏了捏她的小脸，但她拍开他的手。她已经不是六岁的小孩了，可达曼还像对小孩那样对她。

“你读过我的书吗？”

普赫库摇摇头，说：“你叫我不要看，但我的两个朋友看了。她们说书很棒，还在脸书和推特上给你发消息，但你没回。”

“我没时间。”

“哦，我哥哥现在是大人物了，也有人跟踪你吗？”

“很好笑，没有。”

母亲叫他们坐到餐桌边，饭菜快凉掉了。达曼的父亲从沙发上起来，坐到桌边，仍旧盯着报纸看。普赫库和达曼也坐过去。午饭准备好了，他们沉默地吃着。十分钟后，达曼说："这周末有一场发布会，我希望你们能到场。"

"我知道！"普赫库尖叫道，她看向她母亲，"我能去吧？求你了，求你了！"

"当然能去，会很有趣，你还可以叫上你的朋友。"达曼说。

他父亲把报纸放在桌上，说："没必要去鼓励他。还有，普赫库，你星期二要考试，不能错过辅导课。"

"爸爸，就一天！"她抗议说。

达曼的父亲瞪了普赫库一眼，然后瞪着达曼说："她不去。"

"好吧，随便你。"

"怎么说话呢！你就是这样和你的父亲说话的吗？在我们为了你遭受这一切以后？"

母亲塌下肩膀，无奈地看着盘子，等这场对话自行终结。

"一天而已。你这是在无理取闹。"达曼说。

"我无理取闹？你说我无理取闹？听听你儿子说什么。你为了写书这种荒谬的事情居然辞去工作，还买了一辆没必要的车，现在你还想把你妹妹拖进去，然后你说我无理取闹？我不会让她受你的影响。"

“我的车和你有什么关系？”达曼顶嘴说。

达曼听说，新车送来的那天，父亲打算用他车里的一根铁棒把新车给砸了，幸亏母亲和普赫库极力拦阻——车祸非但没有让父子俩变得亲近，反而让他们更加疏远了。父亲希望达曼安安稳稳地过好他的第二次生命，后者却不想浪费这一上天赠予的礼物。

在车祸和无尽的治疗后，父亲也会不时做噩梦。

“爸爸，我的书很轰动，各家报纸都在报道。如果你在读其他无聊的东西时也读读我的书，你就会明白的。”

“所以呢？那又怎样？今天轰动，明天就过去了。你想在银行里挥着报纸说你是作家，就能让他们给你钱吗？你知道你的问题在哪儿，你轻而易举就能得到一切。房间里有空调，永远衣食不愁，所以你觉得一切理所当然。你觉得你的生命理所当然！”

达曼翻了个白眼。

“瞧。”他指着达曼的母亲说，“这就是他干的事。我们为他做了一切，他就是这么回报我们的。”

达曼往嘴里塞了一团饭，小声说：“也许我该在车祸里死掉。”

达曼的父亲“砰”地砸了一下桌子，母亲还没来得及反应，他就冲到达曼身边给了他一巴掌。达曼感受到了嘴里的血腥味，他摇晃着站起来，结果摔了出去。他捂着脸，握紧拳头，眼里涌出泪水，耳朵变得通红。父亲一直盯着他。

达曼控制住自己的情绪，站起来走出了客厅。只有这样，他才能避免自己对父亲动手。他倒在自己原来房间的床上，擦净脸上的眼泪。

他还记得上一次挨打是他告诉父亲要辞职当作家的时候。父亲威胁说要和他脱离父子关系，他顶嘴说反正也没什么关系好脱离的。父亲说，如果他要追求愚蠢的梦想，那就滚出家门。于是，他在一个周末就搬出了家。更令父亲无法忍受的是，他还买了一辆车——这是压断顽固的父亲和反抗的儿子的脆弱关系的最后一根稻草。

“你不该和爸爸那样说话。你为什么对他这么刻薄？”

他转过身，看见普赫库站在门边。她走进来，关上门。

“该死的，我……”

“不要说脏话。”

“普赫库，他像一台出故障的录像机，为什么就不能停下来呢？要理解我不想干那份工作有那么难吗？你知道我该干什么吗？我该回去工作，写一封遗书说压力和不快让我发疯，然后开车撞向电线杆，并且确保这次不会活下来。也许只有这样他才会明白。”

“不许再这么说。”

“我……”

“而且你不是第一次撞车。”她锁紧着眉头。“永远不要忘记。”她说，这次更加严肃了。

“我知道，我在车里。”

“是的，没错。”

“如果是我开车，我不会撞车的，不是吗？无论如何，你能逃掉辅导课吗？我会开车带你去发布会，没必要让爸爸知道。”

“要是爸爸发现了会大发雷霆的。你走后，他在家里严防死守，只差在我的脚上拴上锁链了。如果他发现我坐你的车出去，肯定会把它变为现实。”

“好像是我开着那该死的车一样。”

“哥哥，不要说脏话。”

“好吧，好吧，我很抱歉。那我给你发视频，好吗？”

她笑了，说：“你会给我发视频吗？你甚至都不给我发短信，哥哥。现在我得预约，才能和畅销书作家哥哥见面呢。”

“别这样说。”

“真的，哥哥。朋友们很羡慕我是你妹妹！甚至在地铁上我都遇到过你的粉丝。她很漂亮，但我知道你已经在和阿芙尼交往了，所以没要她的号码。她因你而神魂颠倒！你为什么这样看着我？我没说谎！我也告诉妈妈了。”

“你看见她在读书吗？”

“没有，是她找到我。我和朋友在一起，然后她过来和我说话。她说她认识我，因为你在社交媒体上发了我们的合影。难以想象！朋友们印象很深，她也非常友好。我说过的吧？看你笑成了什么样。”

“为什么不笑！这事也去告诉爸爸。她对书怎么说？”

“呃……”

“怎么？别告诉我你在说假话。”

“我没有，只不过她……她不喜欢这本书。”

达曼皱起眉，说：“那她是什么粉丝？哦，是我之前发在网上的小说吗？好吧，那也行。”

“哥哥，不要沮丧，她还是一个铁杆粉丝。她一直在谈论你，还和我一起走回家。她还让我转告你，她打算原谅你关于书的事了。”

“什么？我凭什么要她原谅？又不是我让她买书的！”达曼高声说。

看到达曼这么上心，普赫库感到很好笑。她走过去坐在他身边。达曼忍不住拥抱她。这时他才意识到错过了多少和这个早熟又好争论的妹妹相处的时光。

“她说了自己的名字吗？”

“嗯，我没问。但她说她认识你。”

“认识我？怎么会？”

“她说你和她在果阿邦见过。”普赫库低声说，小心翼翼地提起果阿邦。

在家里，他们说起这件事时总是压低嗓音。达曼皱起眉，他对果阿邦的记忆很模糊。

“果阿邦？”

“没错，她就是这么说的。”

“我不记得在那儿见过什么女孩。”达曼说。

普赫库挣开他的怀抱。“你肯定遇见过什么人。”普赫库嘟囔着。

“只有莎瑞雅丝。”

“在家里不许提她的名字。”

“哦，拜托，你怎么也这样？”达曼抗议说，“好吧，好吧，我不提她的名字。但我跟你说，普赫库，你还记得每天上学前我和爸爸妈妈说过的话吗？不要拿陌生人的东西，不要相信任何自称是父母派来的人，不要跟他们走，不要看他们的眼睛，甚至不要和他们说话。我知道你已经十三岁了，但我希望你记住。如果有人像那女孩一样过来和你说话，不要回应，只要说声谢谢，然后走开就行。你听见了吗？”

“我不是小孩子了。”

“是的，你的确是长大了，但你仍旧和陌生人走了很长一段时间。你要小心从地铁站到家的这段路，任何人都可能——我的意思是说，不要搭理陌生人。”

“但你还是搭了别人的车？”

达曼翻了个白眼说：“那就吸取我的教训，不要和我一样。”

这时，门被敲响了，母亲走了进来。她来叫普赫库去把午饭吃完，如果要什么就去找父亲。普赫库点点头，离开了。达曼在母亲进来并坐到他身边的过程中一直低着头。

“达曼，你什么时候才能不和你爸爸吵？”

“这是……”

“我不想知道是谁的错，我想安安生生的，好吗？”

“对不起。”

母亲点点头，用纱丽[①]擦掉眼泪。她慈爱地抚摸达曼的脸，亲吻他的额头，笑着问：“阿芙尼好吗？工作怎么样？”

“她很好。”

“你不打算让我们见见吗？如果你和她……你知道，我能少担心你一点儿。”

“我会的，只要时机合适。她的工作很忙。”

① 纱丽（又称纱丽服）是印度、孟加拉国、巴基斯坦、尼泊尔、斯里兰卡等国妇女的一种传统服装，是一种用丝绸为主要材料制作而成的衣服。

“你和她在一起一年多了，还没到合适的时机吗？”

“妈妈。”

“好吧，好吧，你最懂。”

“我很快就让你们见面，好吗？”

母亲点点头。

“达曼？”

“什么事，妈妈？”

“你不能一边写作一边从事原来的工作吗？你爸爸……”

达曼盯着她，她没再说下去。

达曼一下午都在吃着母亲准备的薄饼（似乎永远也吃不完），并和普赫库玩游戏。晚上，他送普赫库去辅导班，答应在发布会的时候给她发视频。离开父母家时，达曼叫了一辆人力三轮车。这时，他的手机响了。

未知号码。

他接通手机。

“你好？”

没有回应，他等了十秒后挂掉电话。然而，手机又响了。

“你好？”

9

手机那端传来沉重的呼吸声。达曼挂断电话，低声咒骂了几句。手机又响了。达曼把手机设置成静音模式放回口袋，等他因为无聊重新拿出手机时，发现又有未知号码打来电话。他抱着大骂对方一顿的想法接了电话。

“你好，到底是……”

“你好，达曼。”

“谁？”

“再次听见你的声音真是太好了。”

“你是谁？”

“谢谢你邀请我参加发布会。我希望能得到一个单独的邀请，而不是群发邮件，你说呢？”

“你在说什么？”

“邀请邮件里的图表有点儿差劲，不过设计本来就不是你的强项，对吗？语言才是你的强项。”手机另一端传来一个女孩刺耳的声音。口气和措辞很干脆，但语气很霸道。

“打扰一下，你是谁？”

“你知道。”

“事实上我并不知道。”

“这些奇妙的语言难道不是所有恋人都想要听到的吗？”女孩说，声音刺耳得像是玻璃碎片在地毯上划来划去。

“谁的恋人？”

“你的，达曼。你唯一的恋人，无论过去还是现在。”

“你在说什么？”

“我是你的粉丝，也是你的恋人，达曼。”

“我要挂电话了。”

“你确定吗？”

“是的，不要浪费我的时间，而且不要再给我打电话。我希望你记住这一警告。”达曼说。

“哦，我发现你说话很傲慢。达曼，是书的出版改变了你吗？你妹妹坚持说没有。但她太天真了。我们那天相处很愉快。她真是个大嘴巴，不过很聪明。你为什么送她去上辅导班？她不需要。我肯定她比她的老师还要聪明。她也很漂亮，和你一样，宝贝儿。

你们俩都长得像你母亲。”

达曼倒抽一口气：“什么？你在说什么？什么时候的事？怎么会？”

“你听上去很害怕，达曼。”

“哦——”

“你知道这让我想起什么了吗？”

“我要挂——”

“这让我想起咱俩第一次见面时，你紧张得一直颤抖，但非常兴奋。我们和车都有故事，你觉得呢？”她说，声音低沉，几乎是在轻柔低语。

“你怎么会？你见过我妹妹？”

“我还记得你当时的样子。”女孩低声说。

“什么？你在说什么？”达曼问。

“你想知道我为什么打电话给你吗？”达曼还没来得及说话，女孩就用一种脆弱的音调继续道，“这是求救，达曼，是请求，是诉说。它来自恋人悲伤的心底，如果你仔细倾听的话。”

“阿芙尼？你在开玩笑——”

“不许你把我当成她！”

达曼过了片刻才从她的爆发中回过神来。

“我要挂电话了，这不好笑。如果你纠缠我妹妹——”

女孩先是咯咯笑，一会儿便沙哑地大笑起来。又过了一会儿，笑声变成了低沉的抽泣。达曼的手指悬在“结束通话”按键上，但他按不下去。

“起码有一点你说对了，这不好笑。达曼，这一点儿都不好笑。你的噩梦好笑吗？那些我死掉的噩梦？”

“你是谁？你到底是谁？”

“还需要我告诉你我是谁吗……”

她的声音渐渐消失。女孩正在手机的另一端哭泣——达曼确信这一点。

“我要挂电话了。”达曼说。

“你不该举办发布会。每当我看见这本无耻的书，就犹如万箭穿心。我不知道我能否原谅你。你怎么能允许自己这么做？”

“嘿——”

“你侮辱了你自己的爱情。为什么？这是我最不想看见的事。但为什么我仍然爱你？为什么我仍然想着我们共度的时光？为什么我仍然一直想着我们最后的旅程？”

“我们最后的旅程？”

“达曼，我和你共享的梦魇。”

“我不知道你在说什么。”达曼高声说。

“那些我死掉的噩梦。我真希望我死了。”

“听着，够了！”达曼吼道。

“我会去发布会上见你。”她说，“假如你仍旧要举办的话。我太爱你了。”

对方挂掉了电话，达曼不知所措地看着手机，然后颤抖地给阿芙尼打电话，手机响了三声后，她接了起来。

“嘿？你在哪儿？”

“在开会。”阿芙尼低声说，“我能一小时后给你回电话吗？”

“嗯。”达曼说，然后挂掉电话。

*如果不是阿芙尼，那会是谁？是她回来了吗？*达曼想着。

10

达曼漫不经心地刷着博客，浏览着一家网上零售书店小说区新上市的作品。他坐在康纳特广场外围的英国文化委员会图书馆里——他的第一本书的大部分是在这里写成的。

工作日的图书馆极其安静，他可以在任何一个角落写东西或是读书。这里的无线网速度非常快。他已经在这里待了一个小时，喝了两杯自动售货机里的淡咖啡，伴着可乐吃了一个湿淋淋的鸡肉汉堡，却一个字也不想写。

他屡屡想起自己接到的那个莫名其妙的电话。不可能是她，绝不可能。*她不想和我有任何关系。那女孩在电话里说的都是胡扯。如果那些都是真的话我应该会记得。*

他查看他和莎瑞雅丝以前来往的邮件。大家都讨厌她，而她也叫他滚开。但是……

发件人：达曼罗伊111@gmail.com

收件人：莎瑞雅丝博斯07@gmail.com

嗨！

我很好。感谢你对我置之不理。你觉得这样的开头粗鲁吗？但你应该知道，尽管受到朋友和直觉阻止，但我还是给你发了邮件，因为最近我又想起过去。你开车让我昏迷了六个月，让我困在治疗当中。我的身心严重受损。我只是想让你知道我的最新情况。

我怎么会有你的邮箱？说真的，找到你的邮箱几乎和治疗一样困难。

PS：你在车祸中伤得严重吗？我听说你从医院离开的时候只有轻微骨折？看起来我的问题错得离谱。

达曼

发件人：莎瑞雅丝博斯07@gmail.com

收件人：达曼罗伊111@gmail.com

嘿。我很抱歉。我在车祸之后很好。谢谢。

发件人：达曼罗伊111@gmail.com

收件人：莎瑞雅丝博斯07@gmail.com

你开车冲出路面，差一点儿害死我。然后你就这样回复我？

达曼

发件人：莎瑞雅丝博斯07@gmail.com

收件人：达曼罗伊111@gmail.com

不是我，是出租车开错了车道。看看事故报告。

发件人：达曼罗伊111@gmail.com

收件人：莎瑞雅丝博斯07@gmail.com

你认为我没有看报告吗？我看了。但我们喝醉了，不是吗？我模糊地记得我们喝酒了。不管怎样，我给你发邮件并不是怪你，要怪的是出租车司机，但他已经死了。

达曼

发件人：莎瑞雅丝博斯07@gmail.com

收件人：达曼罗伊111@gmail.com

一口伏特加不会让人醉倒。这就是重点。

发件人：达曼罗伊111@gmail.com

收件人：莎瑞雅丝博斯07@gmail.com

我想我们需要见个面。

达曼

发件人：莎瑞雅丝博斯07@gmail.com

收件人：达曼罗伊111@gmail.com

为什么。

发件人：达曼罗伊111@gmail.com

收件人：莎瑞雅丝博斯07@gmail.com

也许听起来有点怪异，但我时常会梦见你，有时候还是个噩梦，梦里闪现车祸的场景。你也做梦吗？我得了创伤后应激障碍症，并伴有轻微失忆。不过我恢复得很好，只要吃药就行。

达曼

发件人：莎瑞雅丝博斯07@gmail.com

收件人：达曼罗伊111@gmail.com

不。

发件人：达曼罗伊111@gmail.com

收件人：莎瑞雅丝博斯07@gmail.com

搞笑的是我甚至记不清你的脸，只有模糊的轮廓。我记得你浓密的长发，你晒黑的皮肤，但你的脸不断随梦境改变，甚至连眼睛的颜色都在改变。我在网上到处搜你的照片，但我猜你不用社交媒体。

达曼

发件人：莎瑞雅丝博斯07@gmail.com

收件人：达曼罗伊111@gmail.com

不。

发件人：达曼罗伊111@gmail.com

收件人：莎瑞雅丝博斯07@gmail.com

你还在你跟我说过的新公司工作吗？

达曼

发件人：莎瑞雅丝博斯07@gmail.com

收件人：达曼罗伊111@gmail.com

我从没在新成立的公司工作过。

发件人：达曼罗伊111@gmail.com

收件人：莎瑞雅丝博斯07@gmail.com

哦。

达曼

发件人：达曼罗伊111@gmail.com

收件人：莎瑞雅丝博斯07@gmail.com

你还在读那些关于罗马帝国或阿兹特克人[①]的书吗？

达曼

发件人：达曼罗伊111@gmail.com

收件人：莎瑞雅丝博斯07@gmail.com

？

达曼

发件人：达曼罗伊111@gmail.com

收件人：莎瑞雅丝博斯07@gmail.com

你至少该回复我吧？

达曼

发件人：莎瑞雅丝博斯07@gmail.com

收件人：达曼罗伊111@gmail.com

我不喜欢历史。你在想象。

发件人：达曼罗伊111@gmail.com

① 阿兹特克人（Aztec）是北美洲南部墨西哥人数最多的一支印第安人。其中心在墨西哥的特诺奇，故又称墨西哥人或特诺奇人。

收件人：莎瑞雅丝博斯07@gmail.com

好吧，我的错。我对于那晚的记忆很模糊。那肯定是另外一个人。我的脑袋里一团乱。我前几天看了《黑鹰坠落》，结果……做梦梦到你了，你说过——你是一名业余飞行员。

我的错。

达曼

发件人：达曼罗伊111@gmail.com

收件人：莎瑞雅丝博斯07@gmail.com

如果你不介意，可以发一张你的照片给我吗？我模糊地记得（虽然我的梦是错的）我在车里用相机拍了一张照，但相机被撞碎了。

达曼

发件人：莎瑞雅丝博斯07@gmail.com

收件人：达曼罗伊111@gmail.com

听着，达曼。我很高兴听到你没事，但我已经把车祸抛之脑后，我们没必要做朋友，我们也不需要见面。这只是一趟不幸的旅程。请你以后不要再给我发邮件。保重，记得吃药。

我很抱歉。再见。祝生活美好。

发件人：达曼罗伊111@gmail.com

收件人：莎瑞雅丝博斯07@gmail.com

我尽力不给你写信，离你给我的最后一封邮件已经过去六个月了。这也可能是我给你的最后一封邮件。我只想让你访问这个链接——http：//bit.ly.rytm。

我两个月前开始写作，其中一些短篇很受欢迎。我擅自用了你和我的名字，但它们都是虚构的，不用担心。如果大家问起来，我会澄清的。如果你读过，告诉我好吗？

再见。

她还没回复他的邮件。他在这封邮件后又发了几封邮件，但都石沉大海。过了一段时间，他删掉了这几封邮件，这样他就不会忍不住去看了。

他退出邮箱，开始随意浏览博客，以此转移自己的注意力。他正在读一篇关于马桶里育出的金鱼是如何在露天湖泊长成巨大怪物的文章。有人拍了拍他的肩膀。

“嗨。”

他转过身：“嘿？”

“抱歉，打扰了。嗯……刚刚我一直在看你，你是达曼？是吗？你是达曼！对吧？”

他愣了片刻，然后点点头。对此他不知该如何反应——有点儿自豪，有点儿厌烦，甚至觉得这是恶作剧——他看见这女孩二十分钟前经过了自动咖啡机。

“哦。你介意我坐在这儿吗？”

“当然不介意。”

“你经常来这里吗？”

“是的，经常来。”他心里暗想这场对话的长短，是交流思想还是随便聊聊。

“很抱歉我打扰了你。”

“没关系。什么事？”达曼说，合起笔记本电脑。

“我两周前读了你的书，它很棒！”

*谢天谢地！*达曼心想，脸上却露着笑容。

“一个关注你的脸书账号的女孩向我推荐了这本书。她真的很喜欢你在网上写的小说。她跟我说一个编辑找到你，然后你写了一本书。我觉得这简直太酷了。这种事不常发生，对吧？”

他感到有点儿骄傲，这女孩——她美丽又聪明——是他的一名读者。

女孩继续说：“我也算是个作家。好吧，我不知道我能不能这么称呼我自己。我写博客和诗歌。朋友们说我写得不错。哦，别担心，我不会请你读它们或评论它们。我知道那样你会很生气。

但你的写作经历鼓舞了我，所以我拿起了书。”

“你真好。”达曼说，除了这个他不知道该说什么。

“哦，不，是我的荣幸。但我能问你一个问题吗？如果你不介意的话？”

“当然。”

“嗯……我朋友也给我发了一些脸书上的小说，内容和书里的不太一样。”

贾扬提曾经要求达曼一签完合同就删除那些小说，但他在此之前就将其复制并分享到了其他平台。

达曼说：“我猜，你应该觉得这些小说比书里的好，是吗？”

“之前有人跟你说过吗？”女孩问，既好奇，又恼怒于他抢先说出评论。

“是的，很多评论这样说。在网上读过小说的人实际上不喜欢这本书，但没读过的人通常都非常喜欢这本书——他们当中很多人喜欢新的莎瑞雅丝。”

“对此你好像并不高兴？”

“确实不高兴。我原本可以多花点时间来修改第一个版本的，而不是出版现在这本胡扯的《梦中女孩》。但书的效果显然不错，所以我想这也是件好事。我写下一本书的时候也许要更加注意才行。”达曼说，然后叹了口气。

“这种事会经常发生吗？”

达曼皱着眉，说：“编辑让作者修改他们创作的角色吗？”

“不是！”她笑起来，“我是说，人们过来跟你说他们读了你的书，这种事一定经常发生，对吧？”

“实际上，只发生过一次。”他说。

“是怎么回事？”她问，靠得更近了点。

“事实上，读者遇见的是我妹妹，不是我。”达曼说，随后讲述了事情的始末。

“没事，她已经不再骚扰我妹妹了，所以我不确定事情究竟是什么样的。”

她不悦地道：“难道你不该更加尊重你的读者吗？她一定是爱上了你和你的作品，想要更加靠近你。难道你不该对此心怀感激吗？”

“也许吧。”

“这样就好。如果作家取笑他的读者，我会很生气。”她说。

“我的错。”达曼说，举手摆出投降的姿势。“抱歉，我还没问你的名字。”

她叫蕾亚，是印度学院文学专业的一年级新生。达曼重新介绍自己，她嘲笑他的厚脸皮。他们一边交谈一边走向自动咖啡机。

“我不知道写作是不是我真正的梦想，我只是喜欢写。”她说，“不过，你很幸运，嗯……不是幸运，我猜‘天才’这个词更准确。”

她请达曼喝咖啡，但被拒绝了。她继续说：“有件事我很好奇。”

“什么事？”

“书里的女主角莎瑞雅丝有原型吗？”

达曼摇摇头：“不管是书里的莎瑞雅丝，还是我在脸书上写的莎瑞雅丝，她们都是虚构的。书里的莎瑞雅丝来源于编辑想让每一本书都成为畅销书的幻想。但我创作的莎瑞雅丝完全是虚构的。”

“如果你不介意的话，我还想问一个问题。你会怎样选择？以前的莎瑞雅丝和失败的书，还是现在这样的贾扬提·拉古纳特的莎瑞雅丝和成功的书？”

达曼难以选择，但他的犹豫表明了答案。

“你不需要回答。”蕾亚说，“也许你并不那么喜欢原来的莎瑞雅丝？”

“嗯，其实我喜欢……”

“没关系，我们就当是贾扬提·拉古纳特的错，好吗？”

达曼不知道该说些什么。不过一会儿，他们都笑了起来。他们分别坐在阅读室靠墙的桌子两边，这样就能长久地看着对方。达曼意识到，他们之间将有故事发生。

蕾亚长得很美！身材苗条，长发挑染成深棕色和蓝色，皮肤是完美的小麦色，而且她对他的书很感兴趣。此后的半小时里，他们讨论了人们是否能学会写作，书籍是否有一天会消失，作家是否能用一百四十个字讲述一个完整的故事以及很多其他内容。

“达曼？遇见你很高兴，但我现在得走了。你介意把你的手机号码给我吗？这样我们以后还能见面。”她边问边站起来收拾她的书。

达曼答应了，飞快地说出他的手机号，并记下了她的手机号。

“怎么只有九个数字？”达曼问。

她看着达曼的手机咯咯笑道：“尾号是2222。”

“哦，我的错。”达曼将号码存到手机里。他和她一起走向图书馆门口。交谈声渐渐消失了，一种尴尬的气氛笼罩着两人。显然，他们发觉他们互相吸引，但也知道这种吸引没有出路。

她拦车时，达曼转身面对她。

“嘿？这周六在牛津书店有一场《梦中女孩》的发布会。你应该去参加。”

“你的女朋友去吗？”她问，脸上露出调皮的微笑。达曼对她笑笑。

“小心事与愿违，我可能只想得到一本签过名的书。”她说。

他们彼此拥抱，祝福对方一切顺利。

出租车开走了。达曼回到桌旁。他打开笔记本电脑，下载了微软文字处理软件，但思绪仍旧绕着她打转。他发现自己正笑着回想两人的谈话，这些对话不断在他的脑子里出现。

随后，他忽然回过神来。

他的笑容消失了。她是怎么知道的？我告诉她的吗？他在脑子里回想整场谈话。他从没提过编辑的名字，她却知道。她是在报纸上看到的吗？

出于好奇心，达曼拨通了女孩给他的号码。手机另一端的录音告诉他号码不存在。他花了十五分钟在网上搜索“蕾亚，印度学院，一年级”，但没有任何结果。

他查看了英国文化委员会图书馆的入馆登记簿，上面也没有蕾亚的名字。但在潦草的登记簿上，一个以漂亮的笔迹写成的名字特别显眼。

莎瑞雅丝。

她最后借的三本书是《耶路撒冷三千年》《印度军事战争史（1947-1971）》和《算法设计手册》。真是不可思议。

他颤抖着摸出手机，给莎瑞雅丝发了一封邮件。他已经差不多有一年没这么干过了。

发件人：达曼罗伊111@gmail.com

收件人：莎瑞雅丝博斯07@gmail.com

你回来了吗？？？？？？？？？？？？？

达曼

发件人：莎瑞雅丝博斯07@gmail.com

收件人：达曼罗伊111@gmail.com

是的。现在你知道我长什么样了。做个好梦。

11

凯拉什东部。

26岁的莎瑞雅丝·博斯刚刚收拾干净三居室房屋里的空啤酒瓶、脏玻璃杯和脏盘子，它们被扔得到处都是。她把瓶子堆在门边，尽可能放轻动作把瓶里剩余的啤酒倒进水池里——她不想吵醒她宿醉未醒的丈夫。

结束后，她点了几根香薰蜡烛，以减轻屋子里食物和酒精的混合气味。现在，浴缸里放满了热水，她锁上浴室的门，脱掉了衣服。只要她丈夫一回来，浴室就成了她的避难所。她微笑着看着镜子里的自己：身材优美，大腿因每天早上的下蹲练习而形成紧实优美的曲线。可能是做了太多的弓步跳跃，她的腿后肌仍旧隐隐刺痛。

她从药柜里拿出一瓶丈夫从约旦（还是智利？）给她买回来的

浴盐，往水里倒了一点儿，把脚尖伸进水里感受水的热度，然后慢慢滑了进去。水比她期待中的还要温暖，她喜欢这样。她躺在那里，沉入水中，闭上眼睛，只把鼻子露出水面。疲惫似乎都消失了。

一天下来太累人了。丈夫刚结束六个月的工作回来，没问她一声就邀请了五对朋友夫妇到家里观看印度超级板球联赛。虽然食物和酒都是叫的外卖，但她必须服务所有人，而丈夫却舒服地躺在沙发上和朋友大笑。她只是喊他帮了一次忙，他一个朋友的妻子就插嘴说："他在海上待了六个月，让他休息一会儿。"

莎瑞雅丝真想用瓶子砸她的脑袋，然后将碎片塞进她的喉咙。*难道我六个月里什么都没干吗？*出于习惯和怨恨，莎瑞雅丝后来趁这女人去卫生间的时候偷拿了她的手机，并用数据线和一键拷贝连接器把手机里的数据下载到自己的手机里，然后把手机放回原处。在翻看这些数据时，她发现了这女人和她情人来往的一系列邮件和照片。莎瑞雅丝把它们保存在一个文件夹里，然后命了名。

"你们真是一对般配的夫妻。"莎瑞雅丝对女人说，"祝你们永远像现在这样。"

女人挽着她丈夫的胳膊露出笑容。要不是这女人在聚会的剩下的部分对她还不错，莎瑞雅丝会把这些照片和短信发给她的丈夫，毁掉他们的婚姻。

莎瑞雅丝从不相信人们挂在嘴上的话，她相信藏在密码后面的东西才能揭露一个人真实的自我，比如他们写的文字、发的短信或邮件，以及软件里的内容。

他们兴致高昂的时候，她已经在手机里给每个人建了文件夹——这些文件夹根据具体时间按字母排序——在添加了参加聚会的八个人后，这些文件夹的数量便增长到了六百四十三个。

人们越醉越累，输密码的时候就会越粗心。一旦你拿到他们的手机，用一键拷贝连接器和另一台手机几分钟就能搞定。这样，他们藏在密码后面的所有秘密就是你的了——电话记录、照片、聊天记录、邮件，还有浏览历史——这就像从小孩那里拿糖一样简单又可笑。

她丈夫的朋友们坐在那里大声说笑，仿佛每个人的生活都完美无缺，她却知道谁和谁偷情，谁欠钱不付，谁曾经堕胎，谁暴饮暴食。她什么都知道，她总是忙于刺探一切。谁知道呢？也许有一天她会需要这些信息。但她两年来没发现亲爱的丈夫有任何秘密，这真是一个奇迹。

如果她找到了他的任何秘密——就像在他之前的相亲对象一样，他们永远不可能结婚。但她丈夫很小心……而且她父母快要失去耐心了。她没办法。医生说达曼从昏迷中苏醒的概率为零，他几乎是个死人，等待毫无意义。她最后只好同意结婚。

但达曼醒过来了……而且他记住了一个名字，她的名字——莎瑞雅丝。

她从浴缸边缘拿了一盏燃烧的香薰蜡烛放在手心里。铝制的外壳很热，烫到了她的皮肤。她懒洋洋地用食指轻拂烛芯，直到蜡烛熄灭。她没注意水已经冷了，皱巴巴的皮肤上起了一层鸡皮疙瘩。跨出浴缸，用毛巾擦干皮肤上的水珠，穿上一星期前刚买的海绵宝宝睡衣。这让她开心起来。

走进客厅，打开电视，舒适地窝在沙发上，然后拿出手机，浏览成百上千的文件夹，里面是她多年来从偷拿或是借用的手机上下载的数据——来自她的老师、同事、朋友，甚至陌生人。她只要按几下按钮，就能毁掉他们的恋爱、工作、友情和生活。

她找到了第一批建立的文件夹，其中有一个命名为鲁德拉。那是一个有着一头软发和迷人笑容的男孩，是她在达曼之前唯一爱过的初恋对象。她那时读十一年级，鲁德拉是一个从班加罗尔转到德里的新生，口音很奇怪。大家经常嘲笑他的口音，但她从来没有嘲笑过。她第一次见到他的时候就知道他们应该在一起，内心的声音促使她去占有他、爱他、照顾他、拯救他，她照做了。

为了这个坏男孩，她什么没做过？如果不是她在全体学生会成员的包里放了色情光碟，鲁德拉不会当上学生会会长；如果不是她在排球队的饮料里混进了玻璃粉，他永远不可能进入球队。

然而，当她第一次表白时，他却说她疯了。

当然，他在莎瑞雅丝的爱里看到了好处，并且接受了这份爱。但在她认为一切都很美好的时候，他竟敢背着她对克里提献殷勤。她做了一个陷入爱河的女孩该做的一切——放暑假前的最后一天，她假装成克里提把他叫到了地下室的男厕所，那是一个很少有人去的偏僻角落。他被她锁在那里，过了四天他才被人发现。

克里提被学校勒令退学，而莎瑞雅丝再也没在学校里见过鲁德拉。——鲁德拉休了两年学。莎瑞雅丝最后一次查探他的近况时，他正在哥印拜陀市攻读MBA。*初恋总是复杂的。*莎瑞雅丝想。

她退出文件夹。刚把手机放到一边，她丈夫就揉着眼睛摇摇晃晃走进房间。莎瑞雅丝问他怎么样，他对她笑笑，眼里闪烁着欲望。他仍然烂醉如泥。在过去的六个月里，她独自睡在她的（他们的）床上想着她和达曼。但现在丈夫回来了。他伸出手，依旧傻笑不已。

莎瑞雅丝关掉电视，把手递给他，同时意识到自己的手很冷。他牵着她经过走廊进入卧室。她钻进毯子里，远远背对着他，差一点儿就要从床上掉下去。她听见他笨手笨脚地脱衣服，接着爬上床。很快，他挨过来了，翻过莎瑞雅丝的身体吻她。

“我爱你。”丈夫说。

丈夫在她的身躯上肆意翻滚着，她侧身看到床头柜上的《梦中女孩》，书的封面卷起，因此作者的照片只能看见一半。她心里想着的全是达曼，但肉体却享受着快感。

莎瑞雅丝溜下床。他喊着她的名字，不过她没有回头，反而捡起衣服很快进了浴室。她洗了很长时间的热水澡，随后擦干自己，坐在马桶上用手捂住脸。她生命中的男人总是让她失望，不管是她丈夫还是达曼。

她想着他们，流下了泪水。

12

她坐在驾驶座里，不知说了什么引得我俩大笑，脚边布包里瓶装的伏特加、威士忌和龙舌兰叮当作响。她把包拿到膝盖上，拿出一瓶伏特加在我面前摆动。我不想喝，但莎瑞雅丝已经打开了瓶盖，对着瓶子喝了一口。很快，酒瓶也堵到我的嘴边，虽然我拼命拒绝，但莎瑞雅丝压着不放，伏特加一路滑进我的胃里。最后，我终于得以从瓶口解脱，几滴酒洒到了我的T恤衫上。

我俩傻笑起来。从早上到现在我什么东西也没吃，伏特加直冲头顶。我感觉自己有些微的醉意，眼里涌出泪水。我朝她靠过去，她一只手放在我的胸前，给了我一个深情的吻。我试图靠得更近，但她转回头看着路面，可太迟了。一辆汽车的前灯照向我们。她把车转向护栏，结果撞了上去。车翻了……几秒内，我们看着彼此骨折、流血，

但脸上在笑……我们还活着……

达曼喘着粗气在湿透的床上醒来。*该死！*他想。这是他第七次尿在床上了。他进洗手间吃了药，抽了三根烟。过去一星期，他每天要抽四包烟来安抚自己的神经，像是一直冒着烟的发动机。

他一直在和噩梦以及莎瑞雅丝诡异的出现斗争。遇见莎瑞雅丝的那天，他打电话给普赫库问她放学途中碰到的女孩的长相，结果与他在英国文化委员会图书馆见到的女孩一样。他想知道为什么莎瑞雅丝不直接来见他，而是要玩这些把戏？用不同的化名，还去见他的妹妹？这让他有点儿害怕。

达曼怀疑她根本不是莎瑞雅丝。过了这么多天，他见到她的时候不该有所感应吗？他疑心她是个神经错乱的冒牌货。她读过那些网上的小说，也读过书，然后假装成莎瑞雅丝。他觉得很有可能，但她用的邮箱又和莎瑞雅丝的一样。何况，除了家里人和苏米特，没人知道莎瑞雅丝的存在，就连阿芙尼也不知道。这女孩知道果阿邦，肯定是她。

从图书馆回来后，他疯狂地给莎瑞雅丝发邮件，但并未得到回复。

*发件人：达曼罗伊*111@gmail.com

收件人：莎瑞雅丝博斯07@gmail.com

你在哪儿？

达曼

发件人：达曼罗伊111@gmail.com

收件人：莎瑞雅丝博斯07@gmail.com

你为什么回来？

达曼

发件人：达曼罗伊111@gmail.com

收件人：莎瑞雅丝博斯07@gmail.com

为什么不正大光明地见我？我们可以坐下来好好聊聊。

达曼

发件人：达曼罗伊111@gmail.com

收件人：莎瑞雅丝博斯07@gmail.com

？

达曼

发件人：达曼罗伊111@gmail.com

收件人：莎瑞雅丝博斯07@gmail.com

到底怎么回事儿？你为什么要玩这些把戏？

达曼

他发完最后一封邮件已经三天了，但对方并没有什么动静。

手机响的时候达曼正在刷牙。莎瑞雅丝终于回复了。他心跳如鼓，读邮件的时候，牙膏的泡沫流出了嘴巴。

发件人：莎瑞雅丝博斯07@gmail.com

收件人：达曼罗伊111@gmail.com

为什么玩把戏？为什么不呢？如果我们和别人一样，那还有什么意思？坐下来聊聊根本不是我们的菜，是吧？如果我主动走进你的生命说“嗨，很高兴再见到你”，你会心存感激吗？不，那不是你爱的莎瑞雅丝。

需要我提醒你我俩是什么样的人吗？请你在你写的860篇小说里找答案。你知道我最喜欢达曼和莎瑞雅丝的哪一个故事吗？在故事里，我们——你和我，达曼和莎瑞雅丝——跟踪我脾气暴躁、令人厌恶的自大前男友，堵截他、威胁他、折磨他，几乎弄死他，然后把他扒光了绑在他办公室的前台。对我俩来说，前往果阿邦的旅途还有另外的结局。

也许这从未发生过，但也有可能发生过。所以，发挥你的想象。重新读一遍这些小说，然后你会知道为什么我们如此与众不同。你竟敢在书里把我们写成废物。但我仍然爱你，宝贝。

莎瑞雅丝，你的梦中女孩

达曼读完邮件，从中看清了些事情的真相——她不可能只是向他走来说她是莎瑞雅丝。在把她浪漫化了几个月以后，这样未免太扫兴。起码她现在的所作所为引起了他的注意，让他烦恼缠身、一头雾水，让他尿在床上、狠命吸烟，侵占了他的时间和心力，而他确信她的目的就是如此。小说里的莎瑞雅丝肯定会这么干。

这个自称莎瑞雅丝的女孩的行为模式和他在小说里写的莎瑞雅丝一样——她是真喜欢这个他根据梦里的几个对话片段创作出来的女孩。肯定是她，达曼不再怀疑，只是有点儿沮丧。

他坐在床上，重新读了一遍邮件，想着为什么他会不顾那些明显的迹象去质疑莎瑞雅丝的出现，甚至是存在。他意识到，这是因为他期待自己的记忆会对真正的莎瑞雅丝做出反应，但他什么也没感觉到。记忆的闸门没有开启，只留给他一片虚无，关于莎瑞雅丝的幻想还在那里。莎瑞雅丝的回归搞砸了一切。

他闭上眼，耳边回响起她说的最后一句话：

“小心事与愿违，我可能只想得到一本签过名的书。”

13

阿芙尼迎面撞上两名同事，他们拿着的文件散了一地。“抱歉！”她咕哝着，朝着洗手间跑去。她关上门，在手提包和双肩包里摸来摸去，随后把衣服和化妆品放在水池的边上。

达曼的新书发布会快要开始了，他打了两次电话来确认她的位置。她飞快地打上粉底，换上裙子——为了今晚特地挑选的漂亮小黑裙。*冷静，阿芙尼，冷静*，她在心里暗暗说着。化妆和换衣服花了十五分钟。她把制服塞进包里，跑出洗手间，决定晚些时候再换掉舒适的便鞋，一次两级台阶地跨上停车场。

她把包扔进汽车后座，随后跳进驾驶座，发动引擎，把车倒出停车位。汽车刚移动了几米，她就听见一声巨响和一声尖叫。她猛踩刹车，心提到了嗓子眼儿。*该死*。她握紧方向盘，*今天不行，今天不行，今天不行*。她转身查看撞车情况，随即松了口气，被撞到的女孩已经站起来在拍身上的灰，旁边倒着一辆踏板车。阿芙尼下车向女孩跑去。

“你没事吧？我来帮你。”阿芙尼边帮着女孩将踏板车扶起来边说，“我很抱歉，倒车的时候没有注意，我可以赔偿你的所有损失。”

“没关系。”女孩慌乱地说，没看阿芙尼。

“你确定吗？”

女孩点点头，把踏板车推离阿芙尼的汽车。“我没事，我没事。”她说。

阿芙尼在那儿傻站了一会儿，然后走回车里。她闭上眼，在发动引擎前做了个小小的祷告。她挂上挡，慢慢倒车，朝着出口开去。已经五点四十分了，无论如何她也不可能准时到达发布会现场了。付停车费的时候，她在后视镜里看见那个被撞的女孩正叉腰站着。每隔一会儿，她就会发动摩托车，但引擎总是咯咯作响然后熄火。试了几次以后，她恼火地抱住头。

阿芙尼打开信号灯，将车停在一边。她朝女孩跑过去。“嘿？”她一边跑一边对女孩挥手，“要我帮忙吗？”女孩茫然地看着阿芙尼。

阿芙尼跑过来问她：“要我送你吗？”女孩摇摇头，但阿芙尼坚持送她。“我很抱歉。你可以把踏板车停在这儿，等明天再叫人来修。你可以把账单寄给我。”她说，把名片递给女孩，“让我送你，拜托。”

这时，女孩忽然哭起来。

“嘿？嘿？没事的。我很抱歉。我们现在就可以去找修车工。如果担心你的父母，我可以和他们说这是我的责任。别哭了。”阿芙尼握着她的手说，“我和他们说好吗？”

女孩擦掉眼泪：“不关我父母的事，只是……”

“是什么？”

“我要去一个地方。”女孩低声说，对刚才的哭泣感到尴尬。

阿芙尼笑了：“男朋友吗？你和他在哪儿见面？无论在哪儿，我都可以送你。”

“我要去见一个比男朋友重要的人。”女孩说，像新娘一样红着脸，“我最喜欢的作家……”

阿芙尼问：“谁啊？”

“《梦中女孩》的作者达曼 · 罗伊，他今天在康诺特广场有一场发布会，他是我生命里的最爱。”女孩说，笑容灿烂。

阿芙尼捂着脸，免得笑场。*太可爱了*，她想。女孩继续说：“发布会6点就开始，邀请函上说他会在书上签名。现在已经迟了，还有这个……”她指着摩托车，脸皱成一团，“为了发布会，我穿了昨天刚买的外套。”

她的眼睛里闪烁着孩子般的热情以及想要见到最喜欢的作家的渴望。这让阿芙尼非常感动，让她想要拥抱她。这女孩和她一样穿上了漂亮衣服，并且比她打扮得还好。白色短外套和闪亮的皮短裤让她看上去美极了。阿芙尼很骄傲——达曼拥有这样的粉丝，他们花钱买书阅读，而且还渴望见到他。

“我可以送你过去。”阿芙尼说，“我顺路。你说的是康诺特广场吧？”

“不会麻烦你吧？”她问，希冀地看着她。

“不会。”阿芙尼笑着说。女孩停好摩托车，随着阿芙尼上了汽车。阿芙尼驶出停车场，想着什么时候告诉女孩她的身份。*我是达曼的女朋友。实际上，我应该算是未婚妻。*

“发布会在康诺特广场的哪里举办？”阿芙尼问。

“在牛津书店。”她回答说，眼睛盯着车上的钟。“我迟到了！我想让他给我的书签名，然后和他合影。如果人太多怎么办？或者他走了怎么办？”

“不会的。”

“万一呢？他太帅了。我想要合影！”女孩大声说。她从背包里拿出一本被翻旧的《梦中女孩》，让阿芙尼看上面的照片。

“他不帅吗？看！”

“还行吧。”

“拜托，他太帅了。你应该读一读这本书，要是能读一读他出书前在网上写的小说就更好了。他把它们都删掉了，但我存到了电脑里。它们太棒了！我每天都看。”她滔滔不绝地说。

离目的地还有很长一段车程，所以阿芙尼心情很好地问她：“嘿？我刚想起来。我认识书的作者。他在和我一个朋友的朋友约会，但我不记得那女孩的名字了。”

“你不会是说笑吧？那你能让我见他吗？”阿芙尼还没来得及回答，女孩又问，“他女朋友叫莎瑞雅丝吗？”

“不是。”

女孩皱眉道：“他和谁交往不重要。对我来说，他永远爱着莎瑞雅丝。她是他唯一的真爱。谁也不能分开他们，你不知道吗？别的女孩只是消遣而已。”女孩说，像小女生一样紧紧抱着书。

“你知道她是虚构的吧？她只是他创作的角色。”阿芙尼不高兴地说。

女孩尖锐地反驳道：“是的，书里的莎瑞雅丝是他虚构的，但网上的莎瑞雅丝是真的。他们相爱，关于两人的故事全都是真的。我可以让你读一读这些小说，一共八百六十篇。读了你就知道都是真的了。他爱她。”

“好吧。”阿芙尼说，“我会读的。我很抱歉我没有告诉你我的名字。我叫阿芙尼。”

“我叫阿什。”女孩说，随后她的表情突然变了。她一直看着阿芙尼，心里想到了什么。“嘿？是你？是你？不！不！”

“是的。”

“你是达曼的女朋友！”

阿芙尼笑着点点头。

她双手捂着脸。“哦，天哪。对不起！对不起！对不起！我刚刚想起来他发过你俩的合影。你们看上去真是天造地设的一对。”她热情地说。

“哈，你说得太迟了。”阿芙尼朝她眨眨眼。

“我们能合个影吗？我想发到网上！这太不可思议了！”

“当然没问题。”

女孩拿出手机拍了三张照片。在接下来的时间，她对自己说过的话十分尴尬，以至于无法直视阿芙尼。“你很喜欢达曼？”阿芙尼问。

“我不是喜欢他，我爱他。”女孩对着镜子整理头发的时候说，“你觉得我的发型还好吗？前两天我挑染了棕色和红色，但我觉得不好，所以又染回了黑色，希望达曼会喜欢。”

14

“你今天更新脸书了吗？”

“更了。”

“推特呢？”

“更了。”

“还有照片墙？”

“都更新了，贾扬提。好了，现在刚六点。阿芙尼给我发短信说她堵在路上了，也许其他人也一样。这场发布会是你的主意，如果没人来可不怪我。”新书发布会按理说已经开始了，但只有十五个人等着达曼签名。按贾扬提的话来说，这是一场灾难。达曼拿出手机打给阿芙尼，问她到哪儿了。

“嘿？你在哪儿？”

“我才停好车，十分钟内到。我还带了一个人！她是你的头号粉丝，是我刚刚遇到的。”她说。达曼听见手机那端传来拖沓的脚步声。阿芙尼接着说：“她想要和你说话。她非常兴奋。你要和她说吗？”

“当然了。”达曼挠挠头说。他听见阿芙尼把手机递给旁边的女孩。

“你好。”女孩的声音颤抖着，“我太喜欢你了！我……我不敢相信，我竟然在和你说话。”

“你好！你叫什么名字？”

“阿什。”

他听见女孩对阿芙尼说：“你可以不要看着我吗？我已经很紧张了！到我前面去！”

达曼听见阿芙尼咕哝着“好吧”，然后走开了。达曼继续说：“真是太好了——”

“看看你，表现得彬彬有礼，像是作家在回报说他好话的读者一样。”

“你说什么？”

“宝贝，别对我说这些废话。”女孩说，“我们一会儿见。你在发布会上有问题要答了。”她威胁似的低声说，“我知道你期待见到我，不是吗？宝贝，你等到了。”

“手机快没电了。”女孩接着说。

她挂掉了电话。达曼试图再次打给阿芙尼，但手机关机了。达曼心跳加剧——这毫无疑问是她的声音。他又给阿芙尼打电话，但仍旧是关机。她把阿芙尼怎么了？

他听见办公室的门被敲响了，店主拉姆·普拉卡什走了进来。他是一个胖乎乎的快活人。他说差不多有三十个人了，他们随时可以开始发布会。“再给我几分钟，我在等人。”达曼抖着手说。

“我去和大家说一声。”拉姆·普拉卡什说，“达曼？我有个要求，你不能在这里抽烟，这里有烟雾警报器。”

“知道了。”达曼说。店主离开了。

“达曼，你开始写第二本书了吗？我在给未来几个月安排日程，所以你得告诉我。”贾扬提说。

“我们现在能不谈这个吗？”达曼大声说。

“达曼，这事不能等。卡西克·伊耶下一本书的发行日期快要确定了，我们不想你和他撞车。这会让你的书卖不出去的，所以我们要谨慎。越早签约越好，还有，先说清楚，集书出版社对书的内容有最终决定权。我希望你能理解。书很成功，外面有三十名读者——对你来说，一切进展顺利。”

“几分钟前你不是还说这场发布会是个灾难？”

“它就是场灾难，我以为你没有照我说的去做，不过看来你照做了。你也看到了吧？不管怎样，不能让他们再等了。我们开始吧。我想你的女朋友不会来了。”

“你在说什么？她当然会来！”达曼说。

很快，达曼就跟着贾扬提走向发布会的小舞台。他对阿芙尼的缺席非常担心，右手死死插在口袋里，等着随时接电话。

15

达曼·罗伊和贾扬提·拉古纳特坐在高台上的两张红沙发里，他们正在讨论达曼的处女作，同时也是现在的畅销书《梦中女孩》的诞生经过。

贾扬提讲述了自己如何在脸书上发现达曼，觉得他才华横溢，一定会成功。她编造了许多不存在的趣事和对话：“哦，他不会接我的电话！但他总是能及时交稿！和达曼合作让人很快乐……我记得有一次……”

刚开始的十五分钟里，达曼很紧张，他不断在人群里寻找那张熟悉的脸，直到在远远的一个角落里发现了阿芙尼时才松了一口气——她一个人在那儿，脸上是骄傲的笑容。

达曼堆起笑脸，言不由衷地说贾扬提·拉古纳特是他的导师，他对她为他所做的一切感激不尽。阿芙尼让他分心，她站在人群里朝他飞吻，用眉目传情，但她并没有和别人一样在手里拿着《梦中女孩》。

几周前，达曼送书给阿芙尼时，她说："项目一结束我就会读。"他后来再也没要求她读这本书。网上的一条匿名者的一星评论让他整整一周都睡不着。

FDKJHFDSH提交的评论：

作者是一个自恋的蠢蛋。他为什么要用自己的名字？正如我朋友所言，如果莎瑞雅丝是虚构的，那么作者也不应该用自己的名字吧？作者是想要误导读者相信这是真事吗？它明显不是一个真实的故事。我觉得作者的动机不纯，同时我也替他现实里的女友感到难过。这对她是多么不公平！我给这本书评一颗星。也许小说写得很好，但做法是错的。

达曼刚读到这条评论的时候非常恼火。这个读者知道完成一本书要付出多少努力吗？天真的混蛋。他甚至连自己的名字也写不出来，只有讨厌的FDKJHFDSH。如果他没有点击用户名FDKJHFDSH的话，它只不过又是一条让他读了就忘的评论。

这个用户还评论了两样东西——松下牌微波炉和苹果6S手机充电器。阿芙尼上个月买过这两样东西，达曼帮她挑选了微波炉。阿芙尼就是FDKJHFDSH。即便如此，达曼也无法去质问她。"同时我也替他现实里的女友感到难过。这对她是多么不公平！”这不是书评，这完全就是阿芙尼的宣泄。

不久，读者从书中选出一页让达曼朗读——这一整页都在描写达曼对莎瑞雅丝的爱意，但被改得很厉害，贾扬提几乎是重写了一遍。

“我的朗读很糟糕，请见谅！现在开始：

“我从没想过我会爱上一个人，也许我只是害怕她可能并不爱我。但你改变了这一切，莎瑞雅丝。我害怕吗？答案是肯定的；我配得上你吗？答案是否定的。但当一切糟糕透顶的时候你却走进了我的生命，让我期待每一天的到来，这件事我永远不会忘记。今天你可以离开。虽然这将在我的心里开一个大洞，但我拦不住你。不过，即使你确实离我而去，你依然永远是我生命里的一部分，最重要的一部分。

“没有你会很难吗？死亡也不过如此。一想到没有你的每一天，我的心都碎了，这样活着比死亡更让人难以忍受，但我准备好了，我在放下心防决定爱你的那天就准备好了。现在，我爱上了你，可你不爱我，莎瑞雅丝。我会永远爱你……”

虽然低俗的台词令他反胃，但达曼还是读完了一整页。听众欢呼鼓掌，达曼对他们露出微笑。阿芙尼鼓掌的声音最响，但她的眼神出卖了她的真实情感——她讨厌莎瑞雅丝。

“太美了。”贾扬提说。大伙儿赞同地点点头。“现在读者可以提问了。”

达曼大半个晚上都感觉不错，他不知道自己为什么刚开始的时候会那么反对举办发布会。读者提出的问题都很普通，并没有超出达曼的意料。一两个人问为什么莎瑞雅丝这个角色在书里变了很多。贾扬提回答了这个问题，她说这是讲述故事的需要，让故事变得更有看头。

除少数几个人外，大多数读者都很喜欢这个新版的莎瑞雅丝。一个一直红着脸的女孩站起来问：“为什么男主角的名字叫达曼？是因为你喜欢自己的名字吗？还是因为角色的原型是你？书里写的是真事吗？顺便说一句，我爱这本书！”

“谢谢你的提问。”达曼说，“两方面的原因都有一点儿。开始写作的时候，我把自己的特质代入了书里，所以男主角的名字叫达曼。这让写作过程变得更容易。我只是没有机会改掉名字。但这并不意味着书里写的是真事。如果故事让你有所触动，那它对你来说就是真实的，不是吗？于我而言，故事就发生在我脑海里，所以我觉得它非常真实。我可以自由地想象角色和场景，有如身临其境。谢谢。”

女孩欢快地点点头，然后坐下。

“还有最后一次提问。”贾扬提说，“接下来就是作者签名的环节，想签名的读者请到左侧排队，达曼会签完所有的书再离开。

谢谢你们。”

大伙儿开始朝着签名处的讲台移动，推挤着想要排在队伍前列。达曼朝阿芙尼挥挥手，她被两名过于热情的读者堵住了。

“贾扬提。”达曼小声说，“带阿芙尼到办公室去好吗？”

“这里你能行吗？”

“贾扬提，给书签名而已，能有什么事？”

倒数第二排的一个女孩拿到了话筒，她要提最后一个问题。达曼之前就注意到她了，因为她表现得特别抢眼，一直低着头看手机。达曼怀疑她是来陪朋友的。

“你好，达曼。”

“你好。”

“我不知道可不可以提出我心中的疑问。”女孩说，声音里流露出明显的冷漠和愤怒，此刻只有她还坐着，周围是一片空荡荡的椅子。她看上去很眼熟，达曼突然想起来他见过这张脸。*阿什*、*蕾亚*、*莎瑞雅丝*。达曼不安地在座位里动了动。

女孩察觉到他的不安，问：“可以吗？”

“你想问什么都可以。”达曼定了定神说。

“达曼，你是懦夫吗？”她问道——皮短裤在书店的灯光下闪闪发亮。嘈杂声消失了，寂静笼罩着书店，所有人都不约而同地看向她。“为了增强可读性，为了销量更大，你改掉了书里的角色，不是吗？”寂静令她说的每一个字都清晰可闻。

“你写了一本自己都不信的书，你还算是作家吗？”她问，“别只看着我，回答我的问题。”

达曼找回了自己的声音，说：“我更改角色是为了让小说变得更好。绝大多数读者对神经兮兮的、反社会的、阴暗的莎瑞雅丝不感兴趣，所以我做了更好的选择。我不想竹篮打水一场空。我希望我的书有人读、有人喜欢而且有人买，因为这样才能让我做自己最喜欢的事——写作。不管你信不信，我也要挣钱生活，可写书其实挣不了多少钱。”

大伙儿笑了起来。

“那么你——”

“小姐，最后一个问题。”拉姆·普拉卡什打断了她。

女孩轻蔑地摇摇头。“恕我直言，只要达曼没有放下话筒，他就仍想回答我的疑问。他回答每个人关于书的提问，我确定我的问题和书有关。”女孩自负地说，这让大伙儿惊讶不已。

她又开口了，具有威胁性的低沉声音回荡在整间书店里。她的声音并不响，却好似钻进了他的心底，让他倍感紧张。她继续说：“第二个问题是，赋予你灵感的角色原型怎么样了？她会怎么看待你利用她赚钱的行为？”

“没有原型，而且如果有的话，她应该很高兴我用她的名字。”

他说。

大伙儿又笑了。

“高兴？你不用她的名字她才会高兴。为什么你要改掉一切来侮辱她？谁给你的权力？不要目瞪口呆地看着我，动动你的嘴，回答我的问题——如果不是混蛋，你还能是什么？”

房间里鸦雀无声，只有她的声音在回响。她把话筒放在旁边的椅子上，冷静地看着达曼。

“你的假设是错的。无论是原来的莎瑞雅丝还是书里的莎瑞雅丝，都是虚构的，所以你的问题并不存在。”

达曼说到一半的时候，女孩站起身离开了，随之便是一阵可怕的沉默。几秒钟后，大伙儿才恢复正常。读者三五成群地朝达曼涌去要签名，问一些问题，摆姿势拍照或自拍，然后对他表示感谢。女孩存在过的痕迹仍像尸体的恶臭一样充斥在空气中。

签名结束后，达曼跟着拉姆·普拉卡什回到办公室。拉姆·普拉卡什因为女孩的行为向达曼道歉。他说她是书店的常客，所以不能对她太过责难。

“这不是你的责任。”达曼说。

达曼一回到办公室，阿芙尼就冲过来拥抱他。“太棒了！”她亲吻他的脸颊。达曼回亲她。

“你还好吗？”达曼问。

“怎么了？我会有什么事？”阿芙尼惊讶地问。

拉姆·普拉卡什、贾扬提和达曼坐在办公室里一边喝咖啡一边讨论签售会，谁也没提那个在问答环节表现无礼的女孩。

“下一本书什么时候出版？”拉姆·普拉卡什问，“你们要抓紧，公众的记忆很短暂。”

“看吧？我之前就这么告诉过他。他应该尽快写完，尽快签约。”贾扬提说，就像一名忧心的家长。

不久，话题转向了达曼心目中的印度文学界的“贾斯汀·比伯”——卡西克·伊耶以及他即将出版的新书，是一本关于他和女友凡尼卡的寡淡爱情故事。

“他已经写完了吗？他是一名很棒的作家。我的顾客爱死他了！有些人甚至同样的书要买上好几本。他们对他非常着迷。”拉姆·普拉卡什说。

贾扬提告诉拉姆·普拉卡什，卡西克还没写完全书。拉姆·普拉卡什继续道：“我们都在期待，如果它像上一本书一样轰动，那我们就要大赚特赚了。”

达曼抱歉地告诉他们，自己要去一下洗手间。实际上，他是想去吐一吐，这两人对于卡西克即将出版的书的兴奋劲儿令他作呕。他极度需要吸根烟，想想莎瑞雅丝会在哪里。

16

达曼洗了把脸，他没觉得这场签售会有多么累人，但一想到要应付莎瑞雅丝就感到精疲力竭。在使用烘干机的时候，嗡嗡的机器声外传来某个人的笑声和低语：“别闹，别闹。这里不行，别闹。”他转过身，声音是从旁边的隔间传过来的。紧接着，一对男女慌乱地出现。达曼移开了视线。

“嘿？”方才的男子站在他旁边，正在用纸巾擦手，脸上是傻兮兮的笑容。

“刚刚失礼了。”

“希望你们玩得开心。”

“我妻子是你的头号粉丝。”男子说，用手肘捣捣达曼。

达曼越过他的肩膀看过去，女孩已经躲进了隔间。

“那真是太好了。”

他转身准备离开，却听见男子叫他的名字：“嘿？达曼？”

达曼转过来。

“我还没读过你的书，但我妻子读过了，她因为迟到没签到名。你介意签一个吗？”

“当然不介意。”达曼说。

“她只是在打扮自己。”男子说，窘迫地抓抓头发。他俩干巴巴地站在那儿等着男子的妻子从隔间里出来。即使洗手间里光线暗淡，达曼还是很快就认出了从隔间里走出来的人。

*她已经结婚了！*达曼恍然大悟。

“莎瑞雅丝！看看我在这里遇到了谁。”男子对他妻子说。

她震惊地捂住嘴，瞪圆眼睛看着达曼。“哦，天哪！”女孩猛抽一口气说。

男子看向达曼说：“看见了吧？她超喜欢你，总把你的书放在床头。谁也别想把它拿走。她每天都要读一读。”男子亲亲妻子的脸颊。莎瑞雅丝，他的妻子微笑着看向达曼。

“现在就签名，好吧？别等回到家再抱怨你没要到签名。”男子说，推着她上前。“顺便说一下，我叫阿卡什。”他和达曼握了握手。“你的手真冷。”他说。达曼对他微微一笑。

莎瑞雅丝笨拙地从手提包里摸出一本书和一叠纸，说：“你能全都签上名吗？”

达曼想要说点什么，但什么也说不出。他点点头。*这是在演戏。这个男人不是她丈夫。这是她的又一个花招。她在扮演另一个角色。如果她是莎瑞雅丝，为什么我丝毫没感觉？为什么你要回来？*

沉默片刻达曼说道：“听着……”

莎瑞雅丝把书和纸放在洗手台边，递给达曼一支笔。“签吧。”她说，声音里听不到一点儿粉丝对偶像的敬畏，眼神中的寒意却是清晰可见。

“你能在每张纸上签名吗？这对我很重要。”

阿卡什对他妻子咕哝着：“你让他在洗手间里签这么多名吗？我们至少要到外面去吧？”阿卡什用一条胳膊环住达曼的肩膀，将他带出了洗手间。莎瑞雅丝跟在他们后面，手里捧着书和纸。“放在这儿。”阿卡什指着收银台对莎瑞雅丝说。

他看向收银员，说：“我们只是要在纸上签名。”

“当然可以。”收银员说。他看向莎瑞雅丝，问：“女士，你好吗？”

“我很好。你呢？”

“您怎么不经常来了？”收银员问。

“我有点儿忙。”莎瑞雅丝说。

他们俩说话的时候，阿卡什正在和达曼抱怨莎瑞雅丝时不时就把他拖到书店和英国文化委员会图书馆。"她认识这里的每一个人。"阿卡什说，"但我不喜欢书店。我是船员，是水手，是现代的海盗。"男子咯咯直笑，"开个玩笑，我是一名海上工程师。我只要一踏上陆地，她就把我拖到这些书店里。不要见怪，我没有冒犯的意思。"

达曼几乎对男子的话充耳不闻，视线越过他的肩膀，努力要搞清楚所有的事。这时，一个店员和收银员加入了对话。他们聊得兴起，仿佛是长久未见的朋友。过了一会儿，她把阿卡什介绍给他们。达曼开始在纸上签名，签名的时候莎瑞雅丝一直在他身边。这些纸上打印着他发表在网上的小说。

"签完了吗？"阿卡什问。

"没有。"莎瑞雅丝说，"还剩下这本糟糕的书。但我不准备让他签名，等他重写或在下一本书里重获自我的时候再签。"

阿卡什皱起眉说："你不该这样说话。"

这时，拉姆·普拉卡什来找达曼："哦，原来你在这儿签名，我们还在里面等你。"拉姆·普拉卡什看到了莎瑞雅丝，他们互相笑笑，握了握手。

"你在签售会上的行为可不是我希望的，他是个新人，为什么要用那些问题刁难他？"

"对不起。"她说。

“我好长一段时间没看见你了。你不是去买电子书了吧？”

“没有。我不会买电子书。”莎瑞雅丝说，“很抱歉我拐走了你的作者，我只是想要他的签名。”

拉姆·普拉卡什看向达曼说：“我说过，她是我的常客，因此当时我没办法制止她。你的书出版时她真的非常激动，但我想她并不喜欢。”他低声笑道，又看向莎瑞雅丝说，“我已经请他赶快写第二本书了。”

“希望他这次不会再犯同样愚蠢的错误。”她看向达曼，“我很期待，别再搞砸了，否则……”她说，“无论如何，我不该再占用你的时间了。离开前你能给我一个拥抱吗？”

达曼还没来得及开口，她就倾身过来。她抱住他时小声说：“宝贝，祝你好运。希望你会满足我的愿望。”

“我吗？你的愿望是得到我吗？”达曼在她耳边低语。

她小声回道：“达曼，如果我愿意的话，任何时候都能得到你，要得到你并不难。我想要的是让我们的爱情故事变回原来的样子，而不是你写的这堆垃圾。我为我们的故事而活，你明白吗？”她松开手，对达曼笑笑。

阿卡什说：“现在高兴了吧？”

“没错。”

阿卡什谢过达曼，然后和妻子离开了。拉姆·普拉卡什和达曼回到办公室。

“你们以前见过她丈夫吗？”达曼问。

“是的，见过几次。我还去参加了他们的婚宴。阿卡什是个有教养的好人。很长一段时间里，莎瑞雅丝的父母很担心她的婚事，据说她有一个住院的男朋友。所以，他们在订婚后拖了很长时间才结婚。不过他们是一对恩爱的夫妻。上帝保佑他们。”

17

“你想去哪儿？”

“除了夏之屋，哪儿都行。”阿芙尼抢在达曼前面说，“听他们说，你离开的时候被一个女孩骚扰了？是不是，大名人？”她调皮地用手肘捣了捣他，“她性感吗？她有没有让你在她的胸部签名？”

“她丈夫就在旁边。”达曼澄清道。他原本想说出与莎瑞雅丝有关的真相，告诉阿芙尼她又出现了，但想到这些话会传到父母和苏米特的耳朵里，他还是放弃了。不然，一切就会变得不可收拾。他决定等搞清楚她真正想要什么以及这段时间她去过哪儿以后再说。他要坐下来和她好好谈谈，弄清事实真相。

三十分钟后，达曼和阿芙尼在卡哈斯村的停车场喝着带来的伏特加和可乐。达曼没有喝酒，借口是现成的，等会儿还要开车。他们一起看了签售会的照片。

过了一会儿，阿芙尼说："我把你的书送给了我母亲。"

"这不会让她喜欢我的。"

"你怎么知道。"

达曼翻了个白眼。

"不要扫兴，达曼，今天是你的大日子。"她说。

"好吧。说说你的工作？情况怎么样？赚了很多钱吗？"

*赚了很多钱吗？*他总是这样问她。阿芙尼撒谎说公司正在搞并购。但事实上，阿芙尼今天是和巴克莱银行的一名有意招揽她的高级主管共进午餐。新职位上升空间很大，前景诱人，阿芙尼已经决定接受这份工作——这会让她比同龄人少奋斗好几年。

坐在汽车引擎盖上，她想着是否要告诉达曼这一决定，最后她决定先不说。经过这么长时间的努力，今天应该属于他。

"我很快就会和你父母见面吗？"她问。

"是的。"达曼说，"等我签好下一本书的合同。他们很担心我。我们先订婚，然后再讨论结婚的事。这几个月会很困难，我有点儿缺钱。"

"你还清信用卡了吗？要不要我——"

"这个星期我会还清。我还有几张稿费的支票没去兑现呢，兑现了之后就是一大笔钱，够我用三个月的了。"

她没再说话，反而将身子慢慢靠过去与达曼接吻。他嘴里有一股苦味，但她喜欢。过了10分钟，他们钻进汽车里……

车窗突然被敲响了。他们吓了一跳，赶紧坐起来。

“立刻出来，小子。”一名巡警说。

达曼让阿芙尼待在车里，自己钻出汽车。巡警把达曼带到一个角落，按惯例威胁说要把他拖进警察局，并以公然猥亵罪控告他。但很快，他们就谈起了交易，然后达曼掏出了钱包。他拿出1500卢比，但巡警觉得不够。他焦躁而拙劣地和巡警谈判时，阿芙尼只能无助地看着。

巡警朝汽车走过来，达曼愤愤不平地跟在后面。阿芙尼被迫摇下车窗，又拿出1500卢比。两人这才被放行。

在送阿芙尼回家的路上，达曼除了一句“你不需要给他们钱，我可以去警察局解决”外，什么也没说。

达曼将阿芙尼送回家，然后回到了自己的公寓。上楼后，他打开走廊的灯，从口袋里掏出钥匙。该死！他发现锁被换掉了。达曼的房东沙马吉住在公寓六楼的另一端。达曼敲响房东的门，心里憋着一股怒火，几乎无法呼吸。现在已经是夜里11点了。

“什么事？”房东打开门说。

“锁被换掉了。我需要钥匙。我没时间搞这些，今天太累了。”

“你又开空头支票。我要房租，还有你答应的其他支票。我可以去找你父亲。”

“明天，我明天就给你。现在太晚了，叔叔。现在可以给我钥匙吗？”

“听着，小伙子，你让我不要告诉你父母关于钱的事，我做到了。但你要及时付租金给我。”房东说。他从门边的钩子上取下一把钥匙递给达曼：“如果再有下一次，我一定会告诉他们。这次是警告。”

“谢谢。”达曼说，他转身离开。

“小伙子？”

“什么事，叔叔？”

“你为什么不做回原来的工作？写作对像你这样的年轻人来说没什么好处。”

“我会考虑的。”达曼说，走下楼梯。他比刚才还要生气，差点想要回去揍他一顿。

达曼一进家门就急着给贾扬提打电话。如果保住一点儿尊严的唯一方法是出卖他的书的话，那就卖吧。*大家都是为了赚钱，我为什么不呢？*但是，在拨号的时候，莎瑞雅丝的威胁却清晰地在他耳边响起——

“希望他这次不会再犯同样愚蠢的错误。我很期待，别再搞砸了，否则……”

18

手机响的时候，贾扬提正裹在被子里，借着床头灯浏览着iPad。

她刚处理完邮件。今天过得不错。达曼的签售会比她预想的要好，虽然他坚持不肯签约下一本书，但她相信他很快就会屈服——愚蠢的理想主义永远比不过空空的银行账户。卡西克已经交了新书的开头几个章节，如果他保持这样的速度，贾扬提在年内就能举办新书签售会。她看看闹钟，时间很晚了。铃声响过三下后，她接通了电话。

“希望没有打扰到你？”

“没有，达曼，你说吧。”

“我想和集书出版社签下一本书。”

“太好了！我很高兴你想通了。我真为你开心，这太让人兴奋了！”她把iPad放到一边。

“但这次我想要更多的预付款和5%的版税。我希望签约的时候拿一半预付款，交稿的时候再拿另一半预付款。”

“达曼，这事我必须向上级汇报。你的要求太过了。”贾扬提说。

“这一点儿不难，你肯定能办到。”

“好吧，我答应你。但集书出版社拥有最终创作权。这一点我们不会妥协，你同意吗？”

“你会拥有把我的书变成垃圾的权利，我完全不介意你把它改成一本笑话集。”

“我们需要找到对你的最好的方式。”

“我不需要周围的人去想什么对我最好。”达曼说。

“什么？”

“没什么，贾扬提，我们赶紧解决这件事。我需要尽快拿到钱。”

贾扬提闻到了达曼身上散发出的绝望气息。她微笑着说：“当然，我很高兴再次合作，但你要给我一个故事大纲，好让我能向编辑团队推销……然后我会准备合约。”

“给我两周的时间。”

她很快挂断了电话。达曼如她所料想通了。达曼是她的王牌。卡西克·伊耶虽然很成功，但很难控制。他的上一本书非常畅销，积累了庞大的读者群，这给了他转投其他出版社的机会——有不少出版社打算招揽他，其中包括银眼书社和紫笔出版。

达曼的书是她的退路。如果他愿意，她可以把他打造成另一个卡西克，他只需要继续写写同名角色的故事，写写当时他约会的对象，点缀一点儿“根据真实事件……”之类的废话，最后甚至能胜过卡西克。

一段时间以来，一个特别的想法一直在她脑海里挥之不去，但在达曼签下合约前她不会说出来。

她正准备继续浏览iPad，手机响了。这是Tinder上配对的提醒。她露出一个笑容，想着今晚应该庆祝一番。

她打开软件。虽然注册软件一年多了，但她只配到过五名对象——两名女性，三名男性。半小时后，她穿着漂亮的红裙子和尖头高跟鞋前往大凯拉什的星巴克，结果发现她的约会对象一身睡衣，一边喝冰茶一边读书。

“嗨，你是莎瑞雅丝吗？”

对方抬起头：“嗨”，然后把书放到一边，站起身拥抱贾扬提：“很高兴见到你。”

“我也是。”贾扬提坐下时说。*她真美*，贾扬提心里想。

“你要来点什么吗？”女孩问。

“不用，谢谢。我今天咖啡喝太多了。你看上去比照片上年轻。”

“照相机的滤镜效果。”女孩笑着说，“你经常这么做吗？在交友软件上找对象？”

“我是在被一名少女质疑约会方式吗？”

“我23岁了。”

“我比你大十岁。”

“但我们还是在这里见面了。”

“是的。”贾扬提说。

“而且你还穿了裙子和高跟鞋。”莎瑞雅丝说。

“我喜欢穿得很漂亮。”

“你的裙子很性感。”莎瑞雅丝说，轻轻咬住嘴唇。

贾扬提脸红了，她想邀她一起过夜，但担心自己的公寓是否足够整洁。

“谢谢。我应该夸夸你的睡衣，可它只是睡衣。”

“你可以夸夸我。”莎瑞雅丝靠向前说。

“你美极了。这样说，你满意吗？”贾扬提笑着说。

“暂时满意了。你有恋人吗？”

“为什么你在意这个？”

“难道我们不是在约会吗？”莎瑞雅丝说。

“我没想那么远，我还不确定我是否喜欢你，我甚至不确定莎瑞雅丝是不是你的真名。”

“我怎么能知道贾扬提就是你的真名？”

“你不能，但我确信我不是那种为了约见某个人就要改掉名字的人。”贾扬提说，“你做什么工作？或者还是一个频繁与人约会的学生？”

莎瑞雅丝开心地大笑：“你以为我是一个愚蠢的少女。”

“别忘了，我还说过你很性感。”

“哦，没错。这让我开心。我应该把它录下来吗？这样在那些哭着入睡的日子里，我就能时时回味了。”莎瑞雅丝喝了一口冰茶说，“我在一家IT公司工作。”

“工作有趣吗？”

“某些时候。你干什么工作？”莎瑞雅丝问。

“我是图书编辑。”

“哈，真好。那你看见我在读书了吧？这会让我们在一起的机会增加吗？”女孩说，一边用吸管在冰茶里吹泡泡一边眨眼放电。贾扬提还没来得及说话，她加了一句：“开个玩笑，我有丈夫。”

“你有丈夫？”贾扬提说，“那你为什么还要注册交友软件？”

“这很重要吗？”

贾扬提脸色发红，她闷闷不乐地想着自己有多久没过性生活了——最近一次都是六个月前的事了，她只记得过程并不美好。

“你丈夫不在家？”贾扬提说。

“不是，实际上，他刚回来。他是水手，一名海上工程师。他出去和朋友不醉不归了，所以我想我也应该给自己找个女伴。”

她朝贾扬提露出笑容。贾扬提能感觉到她的目光一直流连在自己的腿上。“所以，我们是朋友，对吧？”贾扬提问。

“当然，”莎瑞雅丝说，“但作为朋友，我们彼此还需要更进一步了解。跟我说说，你编辑过哪些书？有我读过的吗？”

“你听过卡西克·伊耶吗？我负责他所有的书。”女孩皱起脸。贾扬提继续道：“看起来你不喜欢爱情小说？”

“恰恰相反。如果不喜欢爱情小说，我怎么会背着爱我的丈夫在陌生人身上寻求浪漫？我只是不喜欢卡西克·伊耶笔下的爱情。这种一夫一妻、异性恋的局限的爱情对我来说太……老套了。我相信很多人喜欢，但这是他们自己的事。不过，我确实很喜欢一个作家……他的名字叫……对了，他叫达曼！他在脸书上写了很多他的美妙故事，因为里面有我的名字，所以我留心了。”她咯咯笑道，“它们非常有趣、古怪、野蛮，疯狂而充满激情。这才是永远不死的爱情，唯一应该写进书里的爱情。不朽的、永恒的，随便你怎么形容。我听说他写了一本书，但我手上还没有。”

“我会送你一本。我也是他的编辑。”

“啊！真的？我是和某个大人物坐在一起吗？”女孩开心地说，“那我应该更礼貌一点，睡衣也许不是个聪明的选择。”

女孩捂着嘴笑。虽然穿着睡衣，但口红的颜色使得她的嘴唇格外性感。

“我很期待这本书。”莎瑞雅丝说，“在书里读到我的名字肯定很有趣。”

“但之后你可能不会喜欢我。”贾扬提说。

“现在我也没说喜欢你啊？”

真是牙尖嘴利，贾扬提想。

“好吧，要我说不喜欢还是轻的，实际上你会讨厌我。为了让它像卡西克的书一样可读，我把内容改成了你刚才提到的‘局限的爱情’，让它变成了你不喜欢的那类书。”

“但你不是已经有了卡西克·伊耶吗？为什么还要打造一个相同类型的作家？”

这回不算太刁钻，贾扬提心想。

“和你不顾丈夫到这儿来的原因一样，我喜欢拥有更多选择。”

女孩高高举起空杯子，仿佛在和她干杯，接着问道：“你确定不来点儿什么吗？”

“事实上，我想喝杯咖啡。”贾扬提说。

她们一起站起来走向吧台。贾扬提点了一杯拿铁，而女孩又要了一杯冰茶。她们在等待饮品的时候，女孩随意地把手搭在贾扬提的右肩上，问道：“控制这些作家和他们的作品肯定让你很有成就感，对吧？”

“不存在控制，他们随时可以离开并选择其他的出版社。”贾扬提说，敏锐地感觉到莎瑞雅丝的手在靠近。她开始用指甲在贾扬提的手上缓缓画着小三角。

“但他们还是待在你身边，为了你修改他们的书。莫非你是女巫吗？”女孩朝着贾扬提眨眼。

“这真是不错的夸奖。”

“等你成功地把达曼变成卡西克·伊耶的时候，可不要忘了我。”女孩说。

“我不觉得我们会记住对方。”贾扬提说。拿着饮品往回走的时候，贾扬提用手抚摸莎瑞雅丝背部露出的一小块肌肤，她没有拒绝。

随即，两人一起回到贾扬提的住处过夜。

“丈夫出差的时候我很寂寞。”

“那他什么时候回来？”贾扬提问。

两人同时笑起来。她们一起度过了那天晚上剩下的时间。

19

“你读过了吗？”达曼问道，兴奋地不想坐下来。

达曼的手指因为打字仍旧有些疼。刚开始的一周里疼得比较厉害，他只好将手指浸在热水里放松关节。但到了第二周的时候，这种痛开始变得断断续续，有点儿像是得了关节炎的感觉——在两周的时间里，他一直在电脑前疯狂打字，只有上厕所和洗澡时才离开一会儿，吃的全是外卖。

他没有去看望父母，也没有去见阿芙尼。他关掉手机，打进来的电话全都转到了语音信箱。他也没有查看邮件或登录脸书和推特。房间角落里堆满了没翻过的报纸，吃剩下的废餐盒让厨房充满了异味。每写完一部分，他就会反复阅读和修改，直到这满满十页纸的《梦中女孩》续集大纲读上去像一个完整的故事。在检查完拼写和语法后，他便把故事大纲发给了阿芙尼。

他迫不及待地想听听她的看法。“我读了。”阿芙尼说，“非常棒。”她低头搅着咖啡。

“你不需要说好话。这只是一个梗概，我还可以调整。你觉得有什么问题吗？说出来的话我可以记下来。”达曼从抽屉里拿出笔和便签本，坐到阿芙尼旁边。他潦草地在纸上写上“注意事项”几个字。

阿芙尼从他手里拿过便签本放到一边，说：“我不是作家，我说的话大概没什么价值。”

达曼重新拿起便签本，说：“但你是读者，这一点很重要。现在能说了吗？”

“达曼，我应该先向你道歉。你的书写得很好，我早该读读你的处女作。故事大纲确实很棒。”她微笑着说。

“真的吗？”

“我很喜欢，除了某些冗长的地方可以更简明一点儿外，它很优秀。我想要读更多的内容。”

阿芙尼说话的时候，达曼看见她的眼里闪闪发亮。达曼不在乎这些话里的真实性，他现在充满自信，非常开心。

“我把故事大纲读了一遍又一遍。”她小声说。

她喜欢斤斤计较，当然会反复阅读，达曼心想。难怪她过了这么长时间才回复他。

“我还读了一些同类题材的书，这些书的全球销量达到数百万册，而且好评如潮。”

“你是因为我才读的吗？”

“当然，除了你，我还会为谁这么做？”她笑着把手覆在达曼的手上说，“总之，我列了一张清单，列出了这些书哪些方面能打动我，哪些方面让我无感。我选的书和你的书题材很相似，而且我还做了笔记。我会把这些内容发到你的邮箱里。这本书有一个比较明显的问题，但我知道，我说了你会不高兴。”

“什么问题？”

“莎瑞雅丝。”达曼翻了个白眼，“瞧，你已经不想听了。听我说完……别走。莎瑞雅丝本身不是问题。”达曼转过身。

她说：“问题出在其他地方。”

达曼沉着脸，拉开椅子坐下来。

“我也读了《梦中女孩》，书和网文都读了。你知道有些论坛转载了所有网文吗？不管怎样，我从没想过说这些，但实际上我很喜欢莎瑞雅丝这个人物。她有趣而疯狂，男主角看起来爱上了她。这虽然有点儿不合情理，但很吸引人。”

达曼惊讶地看着她脸上的笑容，很难想象她就是那个在几个月前写刻薄书评的人。

“那么续集有什么问题？”

她叹口气，说："男主角看上去并不爱她。第一本书非常完美，但第二本书里似乎失去了这种坚定的爱意。我仔细阅读了故事大纲。也许我存在偏见，你懂的，没有哪一个女孩喜欢自己男朋友的名字和另一个女孩排在一起。我喜欢第一本书，不管是网文还是其他什么。但是，在第二本书里，达曼没有爱上莎瑞雅丝。我觉得没有说服力。也许是你描写得太烦琐了，让人感觉有点儿沉闷。人物本身仍旧很棒，但他们之间的关系出了问题，让人感觉有点儿虚假。也许你在开始写作前能解决这个问题。"

她全说对了，达曼心想。在写大纲时，这个想法一直在他心头萦绕不去。开始的几天里，他经常分心去想莎瑞雅丝。虽然努力让自己在写作的时候不去想莎瑞雅丝的脸，但往往徒劳无功。他以为自己能把真人和角色分开，但看起来并没有做到。他心里想，*没有说服力的原因是——莎瑞雅丝回来了，而我根本不爱她。*

"还有什么吗？"达曼问。

"有，过去几天我一直在思考这本书，也许关于莎瑞雅丝的问题我已经找到了答案。"达曼靠向前，她继续说，"保持莎瑞雅丝原来的样子，不要改变她，让她待在自己的世界，但再增加一个角色，一个美丽、可爱的女孩。加进这个角色不是要你爱她，而是要读者喜欢她。这样做很保险，也许读者不喜欢书里的达曼和莎瑞雅丝，但可能喜欢达曼的新朋友。你说呢？"

这会让贾扬提很高兴，达曼心想。接下来的半小时里，阿芙尼跟他说了自己的想法，它们甚至比贾扬提的主意还好。

*但我该拿莎瑞雅丝怎么办？该死的，她为什么要回来？*达曼想。

“这主意不错。”达曼说，“我要做的就是让男主角喜欢上这个新出现的女孩，然后就大功告成了。”

阿芙尼朝他眨眨眼：“我还给新角色想了个名字，它的开头字母是A。我只是说说。”

“哦，得了吧。”

“什么啊？这是男朋友起码该做的事！”

“好吧，我会考虑的。”达曼说。

半小时后，阿芙尼离开了，好让达曼继续写故事大纲以达成两个目的——让达曼和莎瑞雅丝的爱情更可信，以及增加一个新角色——阿芙尼。

开头几句话写得很艰难，花了三十分钟却毫无进展，于是他开始写阿芙尼。这对他来说很容易。阿芙尼的角色设定是一个完美女孩——稍微借鉴了一下他的女朋友—— 很会说话但固执己见，非常精明但很可爱，志向远大、事业成功，而且爱上了男主角。

达曼兴致勃勃地花了几个小时把阿芙尼的角色融入到故事里，但没有改变全书的精髓。写完新大纲的时候，已经是第二天的清晨了，他脑子里最先冒出来的想法是——莎瑞雅丝会对偷走她地位的另一个女孩怎么想。

他摆脱不了这个想法，于是登进邮箱查看莎瑞雅丝前几天有没有给他回邮件。她回了。在一堆来自他注册过的诸如亚马逊、弗利普卡特等网站的邮件里面，有一封来自莎瑞雅丝的邮件。

发件人：莎瑞雅丝博斯07@gmail.com

收件人：达曼罗伊111@gmail.com

嗨。

我希望你好好写故事大纲，别让我失望。别听贾扬提和阿芙尼的话，公平地对待我的角色和我们的爱情。这是我对你唯一的请求。祝你好运，宝贝。

莎瑞雅丝，你的梦中女孩

*去她的！*他心想。然后便去睡觉了。

20

“她到了吗？”阿芙尼问。

“她遇上堵车了。你到哪儿了？”达曼说，“你最好在我签这个蠢合约之前到这里。”

阿芙尼笑起来：“没事的，达曼，我十五分钟内到。巡警正盯着我呢，再见。”她挂断了电话。

达曼把电话放到一边，埋头读自己带来的书。他一直停在同一页，重复阅读某个段落，一阵椅子摩擦坚硬地面的声音打断了他，或许其实他根本没有集中注意力。他抬起头，张口结舌：莎瑞雅丝坐在椅子上，桌子上放着她的包。

“怎么是你？”

“拜托，看到我你完全不用惊讶。我相信你每天都在想我。你一直在期待和我见面交谈，不是吗？你肯定有问题，我猜，很多问题。”

“莎瑞雅丝，你——”

“我穿得有点儿太正式了，和这个咖啡店有些不搭。我和阿卡什准备去他朋友家里吃午饭，我可不想做个邋里邋遢的妻子。婚姻生活很烦人。告诉我，你还做噩梦吗？”

“这和你无关。”达曼说，“砰”地一拳砸在桌子上，“你不该来这儿。不管你想做什么都太迟了。你不能随心所欲地在我生命里来来去去。我不记得你的任何事，我也不想记得。你听明白了吗？”

莎瑞雅丝皱起眉。她深吸一口气，因为生气而涨红了脸。她忍着怒火微笑着说：“你生气是因为我在你苏醒后发给你的那些邮件，还是因为我现在结婚了？”

“我只知道你不该在这里，知道吗？你的存在害了我的书。不管我们之间曾经发生过什么，一切都太迟了。你走吧，不要再联系我了。”

莎瑞雅丝的眼睛红了，一滴泪水划过她的脸颊。她满是愧疚地低语道：“我知道你在生我的气。但我在果阿邦遇见你时就已经订婚了。我离开医院时你生死不知。虽然我竭力拖延婚礼，但我父母根本不听。我结婚四个月后你仍旧昏迷不醒，医生说即使你醒了也会智力受损或瘫痪在床。我能做什么呢？我每天都向上帝祈祷让你醒过来，你真的醒了，还记住了我的名字。从此以后，我只能活在你用我们的名字写的那些故事里。故事里的莎瑞雅丝是我，达曼是你。你改变不了这个事实——这就是我们的爱情。”

“现在说这些有什么意义？”达曼说，“我只是用了你的名字，仅此而已。我写作的时候没有想着你，好吗？我不记得你的任何事。你必须停止现在的所作所为。”

她摇摇头，擦掉眼泪：“达曼，那晚的车祸你还记得多少？”

达曼看着她。两人眼神相遇的时候，他在脑海中搜索着一丝反应，好让自己能填满空白的记忆，开启忘却的时光之门，让他重新想起那晚发生的事情，但一切都是白费力气。

曾经的几个月里，他努力在模糊的记忆里、幻想里和噩梦里寻找一张脸孔，但当这张脸现在直直看着他的时候，他却没办法把它融入头脑中的故事里。这种感觉奇怪又令人失望。他对这个幻想的“梦中女孩”没有丝毫心动的感觉，尽管他曾经生动地想象过两人之间的爱情，也曾在脑海里想象过两人的过去和未来。但是，除了令人烦恼的恐惧，他什么都没有感觉到。

“大多数我都记得。”

“谁开的车？”莎瑞雅丝问。

“你。”达曼说，“如果你真是莎瑞雅丝的话。”

“如果记得，你为什么仍然怀疑我不是莎瑞雅丝？”

达曼被问住了。他说：“但我记不清你的脸。”

莎瑞雅丝嘲弄地摇摇头：“那你还记得我们上路前一天的事吗？”达曼脑中一片空白。*我们只是在车里共度了一段时间。没*

什么其他事情，不是吗？

“你记得的，宝贝。它们就藏在你的潜意识里。”她说，“否则你怎么会在脸书上写那些故事？发生在果阿邦的那些事？还有那些细节？”

“那些都是我想象出来的，作家就是干这个的。”

“没错，作家靠想象，但你不是。你不仅在噩梦里看见过我，对吗？”

对，还有别的噩梦，或者你可以叫它们梦想，但我依然没看见你的脸。“我想你该走了。”达曼说。

服务员送来莎瑞雅丝的咖啡放在她面前。“我来这儿是想和你说点儿事。”她说。手机响了，她从包里拿出手机回短信，然后又放了回去。“是阿卡什，他问我结束没有。他过五分钟来接我。我不想迟到，你也不想让阿芙尼发现我和你在一起。要是发现自己只是情妇，而我这个粉丝才是你的灵感来源、灵魂伴侣和爱人，她会多么难堪啊。”

“你丈夫知道了又会怎样？”达曼反击道。

“他是一个傻瓜。他觉得我爱他就好。宝贝，我别无所求，只要你让我们的爱情活在书里，即使这意味着我要和一个不爱甚至一点儿也不喜欢的男人度过下半生。这是我唯一的请求，宝贝。”莎瑞雅丝说，停了一下补充道，“因此，如果贾扬提用更多的钱来收买你，你要拒绝，明白吗？”

“你在说什么？”

“她会要求你在下一本书里放弃我的角色，她会要求你停止写我的事。”

“真是荒谬，是她建议在第一本书里保留莎瑞雅丝和达曼这两个名字的。”达曼反驳说，“莎瑞雅丝，这一切没有意义。没人在意我的书里用谁的名字！”

“不是她让你在第一本书里用我的名字的吗？今天，她会让你用阿芙尼的名字，阿芙尼也会站在她那边。阿芙尼今天也会来，不是吗？”

“这有什么关系？”

“是谁建议让阿芙尼加入会谈的？你，还是阿芙尼？或者是贾扬提在你脑海里埋下的种子？想想吧，她说了什么？是不是‘你为什么不叫上阿芙尼呢？我们签完合约后可以找个不错的地方吃午饭。那天正好是星期六，她不用上班。’她是这么说的吗？还是‘这次仔细检查合约好吗？找个人看看，你的家人，或者你女朋友？’是谁出的主意？”

“是我让阿芙尼来的。”达曼撒谎说。

“真让人惊讶，身为作家，你居然这么不会说谎。无所谓，就当是贾扬提出的主意好了。你准备怎么答复？”

“我不知道。”

“你要答复不行，宝贝。你没在听吗？你不是听见我刚刚说的话了吗？我可不喜欢再被羞辱。达曼，你听见了吗？我不会让阿芙尼在书里取代我，我会……”

“够了！她是我女朋友，而你……谁也不是。”达曼发火说。

“谁也不是？达曼，我是你的毕生所爱。你知道的，宝贝，我爱你。你是我生命中喜爱和珍视的唯一。如果你的书里没有我，我该怎么办？我的心愿仅是如此。”她的眼睛红了，闪烁着泪光。

“你到底在说什么？我想怎么做就怎么做。”

“不，你不能。”莎瑞雅丝说，声音严厉，泪水滑落她的脸庞，“请你不要考验我的耐心和对你的爱意，不要让我做个坏人。我是在帮你。”

“你该走了。”

“你现在对我没有一点儿礼貌，是吗？”莎瑞雅丝拿起包说。她擦掉眼泪，站起来走近达曼，俯身在他的右脸轻柔一吻。“我爱你，宝贝。拒绝她的提议，否则……”她在他耳边低声说道，然后啜泣着转身离开咖啡馆。

达曼想起他母亲在几个月里不断唠叨的话——“搭她的车是一个错误”。

莎瑞雅丝疯了。

21

阿芙尼走进来坐在莎瑞雅丝十五分钟前坐的椅子上时，她根本没有注意莎瑞雅丝那杯没喝的咖啡。在达曼的要求下，服务员飞速把它撤掉了。

“紧张吗？”阿芙尼问。

“有一点儿。”达曼说。

阿芙尼把椅子挪近他，然后握住他的手。过了二十分钟，贾扬提迈着大步走进来，因为自己的迟到再三向他们道歉。她解释说，老板找她开了一个早会。

“你要来点儿什么吗？”阿芙尼问。

“不用，能再次见到你太好了，阿芙尼。你最近怎么样？还好吗？”

阿芙尼点点头，说：“我希望你给我们带来了好消息。”

“只有好消息。”贾扬提说，朝着不怎么高兴的达曼笑笑，接着道，“我和上司谈过了，我们一致决定要把达曼打造成下一个明星作家。第一本书反响不错，我们要做的就是确保所有的续集都能成功。你是我们最有才华的作家之一，我们给你的待遇也会与之相符。”

贾扬提滔滔不绝的时候，阿芙尼感觉达曼有些心不在焉。

“我们就如何给予你作家的待遇做出了决定。”贾扬提说，“我们越早确定方向越好。我们会把所有努力放在市场营销上。当然，我们也明白，钱会是个大问题，所以我们已经处理好了。我告诉我的团队和上司，我们要更改付款条件，而且会全力支持你。”

说得真好听，傻瓜才相信她说的是真话，阿芙尼心想。阿芙尼看着达曼，他正面无表情地盯着贾扬提，对她的话无动于衷。

“你可以要求10%的版税，比你现在的版税高了5%。相信我，我费尽心机才让他们同意。”

阿芙尼打断贾扬提说：“你手里的大多数作家不都是10%的版税吗？为什么轮到达曼就这么难？本来就该这么多。”

“因为我的目标不是10%，而是12%。他对我们太重要了。”贾扬提志得意满地说。

阿芙尼噎住了，但她不甘居于下风，于是问道：“那预付款呢？”

“他要100万卢比[①]，但我们准备给他140万。而且，我们会给他所有的资源支持。”

“坏消息呢？”达曼怒气冲冲地问，“你可不是什么慈善家。你要让我做什么？我要戴上脚链吗？还是要上交我的护照？”

“达曼，你这是在侮辱我。我对你充满期望，你是我手里的作家。”

阿芙尼插嘴说：“别说这些，能谈点儿具体的吗？我们不想因为一些事而后悔。”

贾扬提的目光从阿芙尼转向达曼。“听着，我们之前都讨论过了。那天晚上你打电话给我说你想要签约，也同意对书做些改动。这就够了。合约里没什么隐藏条款。”她看着阿芙尼说，“如果你想的话也可以看看合约。”

“但你想要怎么改动书的内容？”阿芙尼问。

贾扬提靠在椅子里，说：“哦，没什么大改动。我们都明白，问题和争议出在莎瑞雅丝身上。编辑团队读了你的大纲，我们觉得……”

达曼几乎是自言自语地轻声说：“应该放弃莎瑞雅丝？”

贾扬提很惊讶。“是的，没错！既然书里有了阿芙尼这个角

① 卢比，印度法定货币，1卢比约等于0.097人民币。

色，我们没必要再保留莎瑞雅丝。”贾扬提说。阿芙尼努力忍住笑容，但她怀疑贾扬提注意到了。

贾扬提继续说：“大家以为第一本书里的故事是真的，所以才会买账。”

“你要阿芙尼这个角色，是因为读者知道我在和她谈恋爱。”达曼说。

“达曼，你知道这是一个好主意。”贾扬提说，“编辑团队也这么想，另外他们喜欢这个故事。”

达曼拍着桌子说：“我和谁谈恋爱、我在书里写谁，和他们有什么关系？我不会像卡西克一样。我不想走这条路。我不会这么做。”达曼说。

阿芙尼抓紧他的手。*为什么？*她的眼里似乎涌出了泪水。

“这是签订合约的关键。”贾扬提说。

“达曼，我们仔细考虑一下。”阿芙尼恳求说。达曼不顾高昂的报酬，这么快就拒绝贾扬提，这令她心烦意乱。

“没必要这么急，我们可以回家好好考虑。”

“我上司希望今天就能得到答复。”贾扬提坚持。

达曼皱起眉说：“你就是你的上司，你只需要向执行总裁汇报，所以别再说什么编辑团队和你的上司了，你只是想逼迫我屈服。你为什么不干脆自己写呢？”达曼一字一顿。

“我不是作家，你才是。”

阿芙尼打断他们：“贾扬提？你能让我们单独待一会儿吗？我们……”

达曼冷冷地看了阿芙尼一眼，说：“没什么好谈的，我不想和卡西克·伊耶一样。”

“那合约就签不成了。”

“好。”达曼说，“我去找其他出版社。”

贾扬提忍不住笑了：“没有哪家出版社会出这么多钱，而且我们还计划在市场上投入几乎同样的资金把你打造成品牌。说句实话，为此我们要花一大笔钱。”

“去你的品牌。”达曼嘟囔说。

阿芙尼感觉自己快要无法呼吸了。*他怎么能拒绝？他没看见自己能得到多少好处吗？为什么就不能忘掉那倒霉的名字？*

“我觉得这是一个很好的机会。”阿芙尼硬邦邦地说，“这会改变你的生活。达曼，你拒绝了很大一笔钱。”

“她说得对。”贾扬提说，“我现在就需要一个答案，行，还是不行？”

达曼两手捂住脸，摩挲了几下。*求你答应*，阿芙尼暗想。他向后靠着椅背，冷漠地看着自己的手。过了一会儿，他同意了。

22

刚开始和贾扬提签约的时候，达曼以为在前方等待自己的是自由——没有老板、没有期限，也不用汇报——他只需靠编故事挣钱。世事真是无常！他辞掉工作、反抗父母、搬出家门，结果只是贾扬提作家队伍里的一颗棋子——一个山寨版的卡西克·伊耶。

起码赚到了不少钱，他告诉自己。他紧紧抱着阿芙尼。结束和贾扬提的会面后，他们筋疲力尽地回到家。阿芙尼立刻就睡下了，达曼则睁着眼睛盯着天花板。

“你睡着了吗？”达曼问。

“嗯。”

她转过身把脸埋进达曼的怀里，轻柔地吻他。

“还记得我们的第一次吗？”

“你很害羞。”达曼说，手指绕着阿芙尼的头发。

“但你很快就放开了。”达曼说，“我没什么其他意思。”

“那是因为在那之前我想象过很多次。”阿芙尼转身背对着他。

她说：“我曾经读过相关的描述，有人觉得身体里面仿佛苏醒了一条龙，有人感觉像是沉入了深深的睡眠，甚至还有人感觉像是太空旅行，飘飘悠悠、无边无际……我的想象没有尽头，所以无论你怎么做都有一点儿遗憾。”她转过身。

达曼吻着她，她抱住他继续说：“你觉得现实生活平淡吗？”

“为什么这么问？”

“我们之间平淡吗？我是说你和我在一起的感觉。和你书里的人物相比，我们之间是不是很逊色？你觉得失望吗？”

“阿芙尼，你不能这么想。”达曼说。

“事实就是这样。有时候，我希望我们能以一种更有趣的方式相遇，一种值得你写写的方式。没人喜欢‘哦，他们在办公楼前相遇、搭讪，然后开始出去约会’这样的相遇。”她苦笑。

“我会想出点儿东西的。”达曼说。

“可我能赢过莎瑞雅丝吗？”

达曼抱紧她，考虑是否要告诉她莎瑞雅丝这个名字的来历。*但她会停止发问吗？阿芙尼知道我在遇见她之前觉得莎瑞雅丝是我的一生所爱有什么好处吗？假如她知道莎瑞雅丝回来了而且还爱着我，她会怎么想？她会相信我不爱莎瑞雅丝吗？*

达曼什么都没来得及说，手机就响了。“我得接电话。”达曼赶在最后一刻接通电话。

“喂？”他一边说一边从床上坐起来。阿芙尼也凑过去听。

“嗨，达曼，现在说话方便吗？”贾扬提问。

“方便，什么事？”

“我在和营销团队讨论出书的时间安排，我们打算把你的书安排在明年年底。你觉得可以吗？”

“你在说什么？”

“这样我们就能有时间进行市场运作了，仅此而已。”

“你在耍我吗？”达曼下了床，空着的一只手紧握成拳，脸色涨得血红。

“贾扬提，为什么你要用十八个月出版一本书？你压着一本书十八个月到底要做什么！”

“我们要……”

“别跟我扯什么营销，你至少要找个更现实的借口。真正的原因是什么？”

她停顿了一下，然后说：“因为卡西克。”

“关他什么事？”达曼追问道。

“他同时跟我们签了两本书，需要推广。他在出版第二本书前后需要一个空档期，他特别提出不要和你的书撞在一起。”

“他的书和我的书有什么关系？贾扬提，这到底是什么意思？”

“假如你想在其他地方出书，我能理解。不到最后一刻，你不知道事情会变成什么样。我试图说服卡西克，但他很固执。”

“你在说什么，贾扬提？早上你还说什么我是你最好的作家这种废话，现在呢？你真是……”

“达曼，注意你的用语。出版是个小圈子，不要说什么将来会后悔的话。你迟早要和我合作的。”

“别拦着我，我跟你说你就是个……”

电话挂断了。达曼怒吼一声，挥手把手机扔得老远，但看见阿芙尼惊恐的表情时，他忍住了怒火。但他的胸膛剧烈地起伏着，浑身血液沸腾。

这时，手机又响了，是个未知号码。他接通电话。

“喂？”

“你和她在一起吗？”

“你是谁？”

“你连我的声音都听不出来吗？离开她，我有话要说。”

达曼走向洗手间，没发觉自己哭了。“作家代理人打来的电话。”达曼对阿芙尼说，然后把自己锁在洗手间里。他放下马桶盖，坐了上去。

“什么事？”

她急切地低语道："我说过的事成真了吧？我说过不要考验我的耐心。贾扬提中止合约了，不是吗？"

"你怎么……怎么……"

"你听听就知道卡西克为什么这么做了。看看你的邮件，我发了一个视频给你。"莎瑞雅丝说。

达曼照做了。他下载后打开三十秒长的视频。虽然拍摄的角度很奇怪，而且画面模糊，但达曼还是认出了视频里的人——醉醺醺的贾扬提·拉古纳特。他把手机贴住耳朵，仔细听这段似乎是发生在贾扬提·拉古纳特和莎瑞雅丝之间的对话。

"卡西克不错，但我觉得他从长远来说没什么发展，读者将来会厌倦他，所以我才试图推出达曼。"

"你觉得达曼比卡西克写得好吗？"

"是的，虽然达曼还需要学习，但没有什么是高版税解决不了的。"

"所以你想把他变成比卡西克更大牌的作家？"

"他行的话为什么不呢？他只要听我的话就行了。莎瑞雅丝？她必须滚出他的书。"

两个女人同时笑起来，然后视频突然就结束了。他又播放了一遍。

"喂？"

达曼把手机贴住耳朵：“卡西克看到这个了？”

“然后把你挤掉了。我不是说过不要考验我的耐心吗？如果你想用阿芙尼取代我，你就别想写书了，宝贝。这样也许更好。”

“你为什么这么做？”

“为了爱，达曼。”

电话挂断了。

23

达曼在沃达丰营业厅等了一个小时，才看见LED屏上闪现他的号码，一名疲惫不堪、僵着笑脸的客服接待了他。

“您需要办什么业务？”

“你好，我叫达曼。我需要一点儿帮助，这是号码。”达曼说，把一张纸递到女客服面前，纸上写着莎瑞雅丝打来电话时显示的号码。三天了，他打给莎瑞雅丝的电话一直没人接。达曼必须要解决这件事，他得让书顺利出版。

“我想知道登记这个号码的人住在哪儿。”

客服看了看纸，把它还了回来。“抱歉，先生，我不能泄露客户的名字和地址，这违反公司规定。您还有其他需要吗？”客服微笑着对他说。

“我明白，但这是特殊情况。这个号码给我打过电话，我想知道是谁给我发的短信。”

客服摇摇头，说：“我无能为力，先生。您还有其他需要吗？”

“你没听见我的话吗？这个号码给我打了一个重要的电话，我需要特殊帮助，而你却在问什么我有没有其他需要？没有，没有！我只想知道买这个号码的疯子住哪儿。女士，能告诉我这个信息吗？因为明显你们有这个责任。”

她再度露出笑容。达曼想要敲碎她露出来的八颗牙。

“不行，先生。我没有权力透露客户的住址。”

“你的脑子有病！”

“先生，您不需要这么大声。”

“我想怎么样就怎么样。查查你的电脑，然后告诉我这个人是谁，我马上就走，懂了吗？这没什么难的。”达曼尽可能冷静地说。

“很抱歉，我无能为力。”

“没人会知道，我会付钱。”

女客服看看四周，靠向前低声说：“3000卢比。”

“行。”

这么简单的一个信息，女客服敲了半天的键盘。

“先生，您叫什么名字？”

“达曼。你要我的名字干什么？告诉我住址就行了。”他说，从裤子后面的口袋掏出钱包。

女客服顿了一下。

“先生，这个号码登记在您的名下。”她说。

“什么！你在说什么？你……你确定吗？”

女客服把电脑屏幕转向他，她同时展示了申请文件的扫描件、达曼的驾照和一张已签名的填好内容的表格。这个签名和达曼的签名很像，但他知道这不是他签的。达曼隐去脸上的惊讶，向不高兴的女客服道歉，谎称这是一个巨大的误会，然后就离开了。

他刚刚上车，手机就响了——同样的号码。

“喂？”

“我知道你想我了。”莎瑞雅丝说。

“我在听。”

“如果你愿意，我可以明天晚上见你，你看起来很闲啊。”

“在哪儿？”

“卡西克在牛津书店有个读书会。去吗？肯定很有趣，我们可以聊个痛快。”

“好，但是——”

“我们到时再聊。我得挂了，再见。”

24

第二天，达曼坐上了奔向康诺特广场的地铁。还没到地方，他就听到一帮傻笑着的青少年说他们对能去见一见活生生的卡西克·伊耶有多么激动。达曼觉得他们随时都能激动地哭出来。

达曼到达现场的时候是五点四十五分，离活动开始还有十五分钟，但书店已经被争抢最佳视野的小女孩们挤满了。有几个男生看起来像是被女朋友或是姐妹逼着来要这个当红作家的签名的。

达曼远远站在书店的角落里盯着手机，莎瑞雅丝没有接他的电话。他站的地方可以一览无余地看到那些沙发，几星期前他也曾坐在那里，而很快卡西克·伊耶和贾扬提·拉古纳特也会坐上去。

二十分钟后，卡西克·伊耶在狂热的欢呼声中走了进来，立刻便被人群围住了。达曼甚至看见了一些女孩眼中的泪水。还有一些人用他书里的句子表达对他的热爱。卡西克笑容满面，不断地朝他们眨眼和点头示意。

卡西克·伊耶长得不赖，看起来他自己也明白这点。他身高约一米八五，穿着一件勾勒出二头肌的湛蓝色衬衫，搭配海蓝色牛仔裤和棕色乐福鞋，看上去像是从杂志上走下来的模特。但最重要的是，他有一张讨喜的脸——毫无威胁、平静而充满笑容的脸。*就是他搅了我的好事，没用的混蛋。*达曼心想。

活动开始了。卡西克说话非常漂亮，经验也很老到，并且知道怎么应对眼前的人群。他的每一个回答都会赢得一片掌声和强烈的赞同。他给这些追星族讲了小时候的事情，以及在专职写作之前作为一名植物学家所做的工作。他们像干渴的乌鸦一样拼命吞咽他这些早有准备的话。

达曼在熙熙攘攘的人群里寻找莎瑞雅丝，但没有找到。当舞台上贾扬提和卡西克的对谈结束后，提问环节开始了，达曼把手举到最高。主持人忽略了好几次，但最终注意到了，然后把话筒递给他。贾扬提瞪了达曼一眼，达曼就当没看见。

“你好，我叫达曼。”他说，“祝贺你。我也是一名作家，虽然不怎么成功。但你不觉得正是你因为这些庸俗的书导致其他作家无法获得机会证明自己的价值吗？就像贾扬提·拉古纳特几天前跟我说的，她也是我的编辑。她说因为要集中精力营销你的书，所以必须要把我的书推到明年出版。你觉得这样公平吗？这就是我的问题。”

他把话筒还给主持人。人群里传出各种脏话：“混蛋！”“真粗鲁！”“嫉妒鬼！”女孩们看他的眼神像是要把他撕成碎片一般。他盯着卡西克不放，后者举起话筒，轻声失笑。

“达曼，我是作家。”卡西克说，“我只管写书。这是我的全部工作，至于交稿之后发生的事和我没有关系。即使明天只有一个读者读我的书，我仍旧会写。所以如果你要我停止写作和出书，我想这不公平。当然，我不是说……”

达曼这时已经不在听了。他在围观的人群里发现了莎瑞雅丝微笑的脸庞，然后她转身离开了。达曼想要挤出去，却被人群堵住了。

他听见卡西克说：“希望我的回答你能满意。”

“谢谢！”达曼大喊道，开始往人群外面挤。他急着逮住莎瑞雅丝，挤出去时踩到了好几个女孩的脚。她们大叫着“混蛋！”

终于，他挤出了人群，得以松口气。他东张西望，发现莎瑞雅丝走进了书店旁边的小咖啡馆。

“坐吧。”她说，看上去非常平静，“你要来点儿什么吗？你看上去很糟糕，多长时间没洗澡了？”

达曼抽出一支香烟点上。

“这里不准抽烟。”莎瑞雅丝说。达曼灭掉烟。她继续说：“再次见到你，真是太好了，我很高兴我们同样讨厌卡西克·伊耶。他只是一个……算了。我很遗憾你的书因为他而延迟。”

“我的书延迟是因为你！”达曼高声说。

“你在咬文嚼字。这家的茶不错，你应该尝尝。”

“你是怎么把手机号登记在我的名下的？”

“你总是这么好奇。”莎瑞雅丝笑着说，“不过，让我们先聊聊见面的原因。我……”

达曼打断她说：“在此之前，我想要说清楚一件事，也许因为我用了你的名字让你和书里的莎瑞雅丝产生了共鸣，但我们之间真的没有任何关系。果阿邦的事到此为止。莎瑞雅丝，我忘记了，你也该忘掉。”

“你说得容易。”

“莎瑞雅丝……”

“记住一切的是我不是你，所以不要教我怎么做。”她叹息道，拿出手机点了点。

“看看你的邮件。”她说，“别看我，看手机。”

达曼掏出手机打开邮件。“这是什么？”他看着附件问。

“这些是我果阿邦之旅的飞机票和酒店预约。”她说，“如果你打电话给苏米特，他会说你待在果阿邦也是相同的时间，住的是同一家酒店。”

达曼把手机放到一边。“莎瑞雅丝，你想说什么？”他问道。

她的眼神柔和下来：“宝贝，这不只是一次车祸。”

“什么意思？”

“你的朋友和我的朋友住在果阿邦的同一家酒店，我们相处了三天。还不到一个小时，我们便相爱了。我们瞒着朋友们溜出去，驾车驶往没有终点的旅途，在星空下喝酒，双手紧握，直到它们变得又黏又湿，只希望时间能停留在那一刻。我已经订婚了，所以我把它当成是婚前的最后一次放纵，但我没想到我会彻底爱上你。”她说，“告诉我，你真的以为是你的朋友让你独自出去为他们买酒吗？”

“为什么？”

“你主动去买酒，是因为你想和我待在一起。好吧，说说看，你看过你在果阿邦的照片了吗？你有多少照片是和苏米特一起拍的？你从没有问问自己为什么你不在这些照片里吗？因为你一直和我在一起。”

“没有照片，苏米特的数据卡坏掉了。”

“这借口真方便。”

“哦，莎瑞雅丝，我知道他可能是怕加重我的创伤后应激障碍症，所以删掉了照片。”他说，“不管怎样，我们相处了几个小时还是三天都无所谓。现在，你结婚了，我什么感觉也没有。我们应该继续各自的生活，然后找到自己的幸福。”

“我不想向前看。”

“那你想让我怎么做？”

“宝贝。”她说，伸手握住他的手，眼中泪光闪闪。“当你躺在医院的时候，我每天要陪着一个陌生的男人，你知道是什么支撑我度过这种日子的吗？是你的名字，你的面孔，还有和你在一起的回忆。”泪水顺着她的脸庞滑落，她擦掉眼泪继续说，“然后你醒了，记起了我，记起了我的名字。我去看你，但是……”

“你一直没来看过我！我听说你出国了。”达曼嘟囔道。

“他们讨厌我。他们觉得是我差点害死了你，所以不让我见你。他们明白，如果你见到我，就会知道事情的真相。”

“什么真相？”

“达曼，你在梦里看见了什么？是谁开的车？我还是你？”

“不一定，但大多数时候是你。”达曼说。

“你，是你开的车，是你醉驾，你一直看着我，没注意到前方开错车道的出租车。”莎瑞雅丝无可争辩地说。

“可是……”

“每次你梦见自己开车的时候，治疗效果就会减退。你难以接受自己造成的死亡，所以他们设法让你相信那天晚上是我开的车。

为了让你保持理智，他们说了谎话。”她说，“难道他们没有一直跟你说是我开的车吗？”

“没错。”

“我不怪他们想要让我远离你。”她说，“他们想要让你好起来，我也一样。他们认为，如果你见到我，会想起来开车的不是我，而是你。我一直在心里想——如果我的缺席能帮助你恢复，那就这样吧。所以我就消失了，我不想加重你的病情。”

“就算你说的是真的，现在你想要从我这里得到什么呢？”

“你的誓言，宝贝，我只有它们了。”她说，“尽管我不在你身边，但你用我的名字写了故事。我知道我无法和你在一起，但当我读到这些故事时，可以想象自己和你在一起。你是我的幸福，是我的一切，但……”

“书里是贾扬提版的莎瑞雅丝。”达曼说，“听着，莎瑞雅丝，如果书冒犯了你，我道歉，但你要明白，我对此一无所知。”

莎瑞雅丝皱起眉。“你觉得我被冒犯了？我没有被冒犯。我感觉被夺走了一切，我感觉内心深处的某些东西死掉了。”她冷冰冰地看了他一眼，“然而，你还打算和她签一本新书，书里甚至没有我！”

“这是我的事，该死！”

“不要对我大吼大叫，你最好清楚这一点。”莎瑞雅丝警告说。

达曼放低声音说："我理解你为什么这样做，但过去的事最好留在过去。我们可以成为朋友，并且放下这一切，再坚持下去毫无意义。"

她阴沉地笑了笑，说道："我们永远不会是朋友。我们是爱人，永远都是。这就是我要你做的事，而且你也想这样。在下一本书里继续写莎瑞雅丝，这么做会让我很高兴。"

去她的，他心想，*她疯了*。他说："首先，我没有签约；其次，我对书没有控制权。"

"你应该先专注于写书。贾扬提很快会和你签合约。我保证，相信我。"

"实际上是卡西克。"

"他会被照顾好的，亲爱的。你只要写书就好。"

"如果我不呢？"达曼问。

她站起来。"你会的。"她说。她的手指穿过达曼的头发。"因为我非常……非常爱你。"她在他耳边低语，然后离开了。

25

周一早上，阿芙尼蹲在卫生间隔间的角落里痛哭。她感觉心上被插了一把刀，而且每过一秒，这把刀就钻得更深——这不是她，那个男孩们都想要的女朋友才是她。

为了达曼，她还有什么没做的吗？她包容他想要成为理想主义作家的荒唐志向，忍耐父亲念叨着要她找个在毕马威或拥有稳定工作的对象，甚至为了不打扰他的创作激情而减少了发短信和打电话的次数，即使思念的痛苦令她浑身发疼。

这就是恋爱、忠诚和生活本来的样子。你努力去做，然后得到结果。*自从他签约失败后，我每天夜里都在担心他，而他就是这样回报我的？*

昨天晚上是她十天来第一次见到达曼。他看起来还没走出阴影，骨瘦如柴、衣衫不整，颧骨高耸、眼窝深陷，几天里像是老了好几岁。随着签约的失败，他崩溃了。她清楚他抽烟抽得太凶，睡觉睡得太少。阿芙尼费了很大劲才把他劝出公寓。他大多数时候都很安静，不论阿芙尼说什么他都点头同意，脸上露出苍白的笑容。他看上去很饿，吃得却很少。

“一切都会好起来的。”阿芙尼一遍又一遍地对他说。

达曼去洗手间的时候，阿芙尼看了他的手机。她本来并不想看，但他的手机响个不停，她只想让它安静下来，结果却看到了屏幕上闪过的短信的开头。好奇和恐惧占了上风，她打开手机读了一连串来自一个未知号码的短信：

不要写她。

我爱你。

看见书里出现别人的名字会让我很痛苦。

达曼，我爱你。

她爱你的程度不及我。如果你写我，我会解决卡西克的事。

最后，我爱你。永远属于你的莎瑞雅丝。

她没有质问达曼，而是告诉他自己临时有工作要做，随后便离开了。

12个小时之后，她仍在努力对抗发现的事实，一边摆弄手机一边想着该说些什么。她甚至对他生不起气。*我真蠢！我怎么会相信莎瑞雅丝不是真的？她一直存在。我怎么会毫无察觉！*她最终鼓起勇气拨通了苏米特的电话。说好一小时后碰头。阿芙尼走出隔间，洗了脸，补上妆，然后离开了办公室。

到咖啡馆的时候，苏米特已经在等她了。他们刚开始约会的时候，达曼和苏米特总在这里等她下班。而她则会在卫生间换下制服，穿上黑色、银色或是黄色的小裙子，然后和他们一起去夜店。

卫生间的门闩总是不可靠。有一次，达曼打开门，拍了一张她在上厕所的照片。虽然照片模糊难辨，但在之后的一周里，他成了“讨厌鬼”，一直威胁她要把照片发给她的同事。这个玩笑很快就过时了，此后苏米特都会在她换衣服的时候帮她看门。

“嗨。”苏米特站起身来给了她一个拥抱。

“嗨。”

“出了什么事？你还好吗？”

“你告诉达曼我们见面的事了吗？”阿芙尼问。

“没有，但是……”

“谢谢你。”

服务员拿来两份菜单，期待地看着他们。阿芙尼点了两杯卡布奇诺。她竭尽全力才忍住没有哭出来。*每个人都在骗我，苏米*

*特也是，我却把他当成朋友。*她在开口前想道。

“我想问你点儿事，希望你说真话。我不了解全部事实，所以撒谎没有意义。”

“什么事？”

“莎瑞雅丝是谁？”

阿芙尼看见苏米特沉下脸。

“为什么要问我这个？”

“她不仅仅是书里的人物，对吗？”

服务员端来咖啡放在他们面前，但他们整晚都没喝一口。

苏米特叹口气说：“我告诉过达曼，应该把那些噩梦告诉你。”

“什么噩梦？”

苏米特说了他知道的一切，车祸、治疗、创伤后应激障碍和心因性失忆症。阿芙尼全神贯注地听着，她只知道达曼遭遇了一场可怕的车祸，其他的事情都是第一次听说。

“还有别的吗？”阿芙尼问。

“没有，这些就是全部了。”

“你确定没有别的事了吗？”

“我确定。”

苏米特的谎言让阿芙尼爆发了。

“你跟我说，那女孩走了以后从来没跟达曼联系过？”

“是的，没有。”

阿芙尼“砰”地一下拍在桌子上：“你们什么时候能不再说谎！”咖啡杯当啷作响，咖啡飞溅出来。她的手掌很疼。

她的谴责让苏米特十分羞愧。“听着，阿芙尼，他们没有联系，真的！虽然达曼曾试图联络她，但事情到此为止了。给他的邮箱是我伪造的，我假装成莎瑞雅丝发邮件给他说别再联系了。我可以给你看这些邮件。等一下。”苏米特从裤子口袋里掏出手机，试着登陆莎瑞雅丝的gmail邮箱，但试了几次都进不去。密码不正确。

“肯定是我把密码忘掉了。你要相信我，我没有说谎。我讨厌莎瑞雅丝，不想让达曼为她沉迷。她不值得，她差点儿害死达曼！”

阿芙尼仔细观察着苏米特。*他没在说谎*，她心里想。苏米特的脸色因为气恼而涨红，额头上跳动的青筋肉眼可见。他输入“莎瑞”的时候，网页自动填充了邮箱地址——这说明苏米特曾经用这个名字注册过。

苏米特继续说：“为什么你要问我这些？他跟你说了什么吗？”

“没有。”

“那为什么？”

“因为莎瑞雅丝回来了。”

“这怎么可能？”

“她爱着达曼，她想和达曼复合。”

“什么乱七八糟的？她不可能这么做！肯定有什么误会。”苏米特生气地说。

阿芙尼摇摇头：“我看到了她给达曼发的短信。”

26

“你爱我吗？”她问。话音未落，血肉横飞。她的下巴碎了，扭曲得不成样子。汽车飞向半空，再次翻滚起来。我仍旧坐在驾驶座里，双手离开方向盘，对抗着冲击。我的腿断了，折成恐怖的角度。一阵钻心的痛攫住我。汽车底朝天地翻倒在地，轮胎空转个不停。猛烈的冲击几乎扯断我的背。她朝我伸出手，碎裂的小臂骨头刺破皮肤，怪异地戳在那儿。

我想要触碰她。“我爱你。”我说。但她没听见我的话，而是像一颗点燃的炮弹，被一阵剧烈的翻滚甩出车外。风把她吹走了。汽车又在翻滚，我的眼中失去了她的身影。然后，大火吞噬了一切。

达曼被路过的卡车震天响的喇叭声惊醒。他浑身是汗，两只手抖得厉害。车停在一条主干道的路边，他正在前往英国委员会图书馆的途中，但不知道怎么会停在这儿。此时正是黄昏时分，来往的车辆越来越多。他发动汽车，将空调出风口调小了些，又在杂物箱里翻出一块抹布，用它擦了擦座位，然后清理一下自己。

汽车起步后，他才注意到手机上的未接电话，是阿芙尼打来的。他决定晚点再回电话。*没必要增添她的烦恼，她已经够担心的了。*上次见面的时候，阿芙尼就被他的蓬头垢面和虚弱不堪吓坏了。

“没关系，会好起来的。”她在那天晚上一遍遍说。她不知道，折磨达曼的不是合约，而是噩梦。那些梦境和噩梦里始终不变的画面出现了新的变化——是他在开车。自从莎瑞雅丝和他说过那些话以后，他的身体似乎本能地拒绝接受。*是我开车又怎样呢？有什么不一样吗？*很多夜里他都会发烧，但第二天一早就会恢复。他不敢把这件事告诉父母，否则就会如大军压境——父母会到他的公寓来逼着他去医院。

回到家之前，阿芙尼又打了十五通电话。他停好车，上楼进了公寓，在跨上最后两级台阶时感觉到有点儿不对劲。他走近几步，发现门半掩着，于是双拳紧握踮起脚尖走过去。他心跳加速，豆大的汗珠从前额滚落。他把耳朵贴在门上，里面有人。他东张西望，寻找棒球棒或棍子什么的，最后找到了一根木棒。

他离开几码远，一脚踹开门，嘴里高声大吼，随即戛然而止，他放下了手中的木棒。

“该死！你在这干什么？你怎么……怎么进来的？”达曼问。“你的手机呢？”阿芙尼问，她面无表情，声音冰冷，眼睛因哭过而刺痛。

达曼在自己身上四处摸索手机，把它掏出来。“肯定是静音了。”他看看屏幕说。

阿芙尼拨打他的号码，手机响了。达曼挂掉电话。

“呵，静音？”

达曼说了一声抱歉。

“这是什么，达曼？”阿芙尼指着桌子上的纸张问。

达曼拿起纸，上面打印着他下一本书的故事大纲，不过，现在许多内容被粗暴地删除了，每一页上都挤满了用黑色记号笔画上的大叉。

“谁干的？”阿芙尼大声问。阿芙尼的名字被涂掉了，达曼和阿芙尼一同出现的语句上写满了各种难听的词语。

“什么……怎么会……”他知道是谁干的。

阿芙尼的眼中燃烧着怒火。“不要再骗我了。”她的身体因为哽咽而颤抖。

她用袖子擦掉眼泪：“我知道莎瑞雅丝的存在，苏米特跟我坦白了一切。”

“听我解释……”

“她是什么时候回来的？”她喃喃地说，“你打算什么时候告诉我？她就在这儿，对吧？是她骂我的，对吧？”

达曼绷着脸。

阿芙尼甚至不敢直视他：“我读了她发给你的短信。她多长时间来一次？你还爱着她，是不是？你怎么……”

“够了。”达曼打断她，“没人来，好吗？我没有背着你乱搞，而且在你给我看之前，我根本不知道这件事！”

阿芙尼用手背擦干眼泪，看着他说：“你觉得我有多蠢？你连着几天不见人影，还不接我的电话，结果我得到的就是这些。”她指着纸，用质问的眼神看着他，“我做了什么，你要这样对我？”

“阿芙尼……”

“你怎么能这样？”

“我说的都是真话，好吗？你……”

“现在一切都讲得通了。”她说，因为抽泣而语不成声。“这就是你不想让我见你父母的原因。我真蠢，我太蠢了。该死。”她用双手捂住脸。

“我早该听我朋友的话，他是作家，不要和他恋爱。我把自己变成了一个傻瓜，不是吗？我早该答应他……”

“你别哭，听我说。”

“什么……”

“别喊，阿芙尼，听我说。没错，莎瑞雅丝回来了，但我没有和她交往。我只见过她三次。”

阿芙尼抬手，她拿起包转身就走。

达曼抱住她。“给我五分钟。”他说，“你还记得新书签售会那天搭便车的女孩吗？那个叫阿什的，她就是莎瑞雅丝。她之前在英国委员会图书馆化名和我搭讪，但我不知道她就是莎瑞雅丝。是的，我确实在梦里梦见过她，但我不记得她的脸。苏米特没跟你说吗？我基本上记不得果阿邦的任何事情。她跟踪我们，跟踪你，甚至试图接近普赫库。有一天，她假装成粉丝和她一起从地铁站走到家门口。”

“为什么……她为什么这么做？”阿芙尼问，脸色依旧苍白。

“她不喜欢那本书，认为在书里遭到了我的冒犯。”

“这种想法毫无道理。”她说。达曼让她坐下来，然后说出了迄今所发生的一切。

“你怎么会记不得果阿邦的事？”

达曼跟她说了创伤后应激障碍和心因性失忆。阿芙尼在网上查相关资料的时候，他说：“大脑有时会把痛苦的记忆藏起来，以免让身体受到伤害。这是一种应对机制。这种情况在遭受亲戚猥亵的小孩子中间十分普遍。他们会封锁记忆，好让自己和作恶者的关系不受影响。”

他告诉阿芙尼，家里人和苏米特是如何坚持不懈地提醒说开车的不是他，而是莎瑞雅丝。“但她告诉我，开车的是我。我似乎无法接受这种说法。”

阿芙尼关掉浏览器，把手机放到一边，说：“所以，你并不爱她？”

“当然不爱。”

“但这意味着她也闯进过这里。”阿芙尼看着故事大纲说。

“看起来是她。”

“这很严重。”她说，“我们要怎么做？坐到这儿来。别再转来转去了，你把我搞晕了。”阿芙尼说。她握住他的手，轻轻抚摸，接着说：“我不知道。我刚才……对不起。我只是太生气了，我不该说那些话。”

“我应该告诉你的，但我以为它会过去。”

“达曼，你打算怎么对她？她毁了你的理想，天知道她还会做什么。”

“我们得想办法和她谈谈。”达曼说。

阿芙尼叹口气，她把头靠在他肩膀上，伸手抱住他。

“苏米特在得知莎瑞雅丝回来后很震惊。”

“他讨厌她。”

“我感觉到了。”她说，停顿一下补充道，“有没有可能她不是莎瑞雅丝？”

“你什么意思？”

“如果她只是一个对你着迷的读者呢？如果是她发现自己和书里女孩的名字一样，所以就模仿书里的角色呢？也许她只是恰好叫莎瑞雅丝，却假装自己是车里的女孩。”

“我也这样想过，但不可能。”达曼说，“她用的邮箱和莎瑞雅丝的一样。”

“达曼？关于这个邮箱，我要告诉你一件事——莎瑞雅丝可能并没有回来。”

27

达曼给莎瑞雅丝发了无数短信，但全都石沉大海。几个小时过后，他的手机响了。

“嘿，你好，莎瑞雅丝，我给你发了一早上短信！”

“我知道。我出去了。什么事这么急？”

“我想谈谈我们的事。”他回答说。

“我们？这是一个好的开端。说吧，你想谈什么？”她说。

“不是在电话里谈。我想见你，我想面对面地谈。”

“哇哦，暴脾气，慢点儿。出了什么事？你吓到我了。你记起什么了吗？”

“没有，还是老样子。”达曼说，“你能立刻见我吗？”

“我随时乐意，宝贝。你想在哪儿见面？你想来我家吗？阿卡什去大使馆办签证了。我们有几个小时的时间。如果你不介意，你可以……”

“嗯……我不认为这是什么明智之举。它给人的感觉……不对。”

“看看你，真正直。好吧，你选个地方，我会到的。也许，我会告诉你我们一起做过的全部事情，这样你就不会表现得像个伪君子了。”

“嗯……你能来南延地区吗？一小时后在一楼的咖世家见？”

“……”

“莎瑞雅丝？”

“我在。我只是有点儿激动……”她的声音越来越低，“我很开心你来找我，宝贝。达曼，谢谢你。”

“那你答应了？”

“当然，我会到的。”

一小时后，达曼在南延地区的咖世家等莎瑞雅丝。他穿着白衬衫、蓝裤子和黑色的乐福鞋。他再次拨打苏米特的电话。他之前打电话都没人接，但这次苏米特接了。“喂？你去哪儿了？从早上开始，我给你打了一百次电话了。”

“十次而已。”

“好吧，听着。这真的很重要。首先，我知道阿芙尼找过你，你这个混蛋却不告诉我。其次，她跟我说了你伪造莎瑞雅丝邮箱的事。现在……”

“是她不让我告诉你的，而且你知道我伪造邮箱是为你好。你别再想她了。”苏米特抱怨说。

“嗯，这些无所谓，伙计。现在莎瑞雅丝回来了。”

“阿芙尼跟我说了一样的胡话。我告诉她，这女孩肯定是某个着迷的读者，绝不可能是莎瑞雅丝。”

“我们也这么想。如果这个莎瑞雅丝是冒牌货，那真正的莎瑞雅丝肯定还在其他什么地方，对吗？我和阿芙尼用了一早上的时间试图联络抢救我和莎瑞雅丝的医院工作人员，想从他们那里得到一些记录文件。”

“你们查到什么了吗？”

“医院顾左右而言他，而且他们只有六个月前的记录。”

“哦。”

“我们还联系了警察，但报告上只登记了莎瑞雅丝的姓。我们一筹莫展。但阿芙尼出了个主意。你肯定在医院里见过莎瑞雅丝，对吗？如果我给你一张莎瑞雅丝的照片，你应该能认出是不是她吧？”达曼问。

“呃……”

“告诉我你能认出她来。”达曼急切地说，“否则我们确定她身份的努力就落空了。”

“我……我想我认得她。”苏米特说。

*运气真好！*达曼笑了。“太好了！伙计，你太让我高兴了。好吧，听着，我几分钟后就能见到她。我会拍一张照片发给你。如果她是莎瑞雅丝，尽快告诉我，好吗？”

“我不明白你为什么这样做？你还爱着莎瑞雅丝吗？”

“我？幻想只是幻想，我不会把它当真。”达曼说，“哦，该死，她来了。我拍到照片就立刻发给你。”

28

他看见莎瑞雅丝在咖啡店外面对着玻璃整理头发。她穿着条纹衬衫和黑色铅笔裤，非常引人注目。他假装看手机，趁机拍了一张照片发给苏米特。

莎瑞雅丝看见达曼后笑得很开心，朝他挥挥手。她小跑过来拥抱他。达曼把手搭在她的腰背处，她抱了好一会儿才放开。达曼等着发给苏米特的照片完成传送——网络信号太弱了。

“坐吧。”达曼说，替她拉开椅子，发现她之前哭过。

“来的路上还顺利吗？”

莎瑞雅丝咯咯地笑。“你真是全部忘光了。”她说，“这是你能坐下来写书的两个场所之一。你跟我说过。”

“我跟你说过我想成为作家？”

“是的，你说过。你从没想过真的会成功，但看看现在！”她笑容满面地握住他的手。

“你想吃点儿什么吗？”

他们各自点了一份全麦三明治搭配咖啡的套餐。她咬了一大口三明治，指缝里滴下黄油，一边嚼一边问：“你想谈什么？这里的三明治很好吃！吃吧。”

他咬了一小口三明治，问：“我想多了解我们的事。就像你说的，我全忘了。我们是怎么开始约会的？我们住在同一家酒店，对吧？但我们是怎样开始交谈的呢？谁先主动靠近的？谁先开口搭讪的？你还是我？我们聊了些什么？”

她肯定会出现失误，达曼等她回答时心里这样想着。她用纸巾捂着嘴笑：“你列了一张问题清单吗？如果你愿意，我可以把答案发到你邮箱里。”她舔舔手指，再用纸巾擦干净。

“我想在脑子里重建时间和事件的记忆。这样一来，就算我不记得又有什么关系？我可以想象。我很擅长想象。”达曼说，朝她眨眨眼。

她拉起他的手吻了一下：“没错，你很擅长想象。我很高兴我们这样做。阿芙尼知道你要和她分手吗？”

达曼一脸不高兴：“我从没说过要和她分手，莎瑞雅丝。我和她在一起一年多了，比和你在一起的三天多得多。你的要求是让我在书里写你而不写她，这不就是你删掉大纲内容的原因吗？”

"是的，可是……"

达曼打断她，尽可能表现得温柔一点。他亲吻她的手，然后说："我不需要和她分手就能做到这一点，就像你不需要离开你丈夫一样。我说得对吗？"

她沉着脸。"这不一样。我现在才知道，你爱她，你依恋她。我对我丈夫毫无感情，就算他下次出海淹死也跟我无关。"她冷酷地说。

"阿芙尼和我共度了许多时光，她很关心我，我不能这样对她。"达曼反驳说，"你能理解的，因为你曾经爱过……"

"错，我正在爱。"

温柔点，达曼提醒自己，*等她犯错*。"是的，你正在爱，所以你知道她会感觉多么崩溃。你们都爱我，但我想搞清楚凭什么我在现实生活中和书里都应该把你放在她前面？我们在一起只有三天，这三天发生了什么值得我只考虑你而不考虑她的事情？"

"……"

"哦，拜托，你别哭。我只是试着和你讲道理。"达曼举起手说。

"不止三天。"

"是，我知道。"

莎瑞雅丝打断他说："达曼，我在你身边很长时间了。虽然我没有露面，但我一直都在，守护你、爱你、关注你，比阿芙尼还早，甚至比车祸和果阿邦的事还早。”

“你在说什么？”

尽管眼底残留着悲伤，她还是露出笑容说：“你总是期待你的爱情故事在图书馆里开始，不是吗？”

我谁也没告诉过。“没错。你怎么知道？”

“我们就是在果阿邦的图书馆里相遇的。”

“所以呢？那又怎样？”

“我们的相遇不是偶然，是经过计划的。对你来说，我们在果阿邦相爱是命中注定的缘分，是美好恋情的开端，但我为了这次相遇，用了几个月时间去规划。”她的手指抚过他的侧脸，“也许你是在果阿邦才第一次见到我，但在那之前我就见过你好几次了，也许你只和我待了三天，但在此之前我已经和你待了好几个月。你知道我们第一次见面是在哪儿吗？”

达曼摇摇头说：“不知道。”

她温柔地笑了，看看四周。“就在这里。”她说，“三年前，在车祸发生的前一年。”

“你是什么意思？”达曼困惑不解地问。

“记得你在理工学院度过的最后一年吗？”

“两者有什么关系吗？”他问。

“你那时经常到这里来。上完课后会坐769路公交车来这里。你其实可以乘地铁，但每天都坐公交车。你包里装着书，这样你就可以有两小时不受打扰的阅读时间。”

“你怎么知道的？”达曼惊讶地问。

“你一直打断我，我怎么说得完？”

“你继续。”

“通常你会穿着做旧的灰色T恤衫，你有很多件这样的T恤衫，还有牛仔裤和凉鞋。你下了公交车后会径直来到这家咖啡馆。早先时候，你会点一杯美式咖啡，因为比较便宜。有时候你会自带袋装咖啡，然后乘没人注意的时候倒进水里。”她指着一张摆放着两台公用电脑的桌子说，“以前你就坐在这里，也是我第一次见到你的地方，你一直埋首在电脑前敲着键盘。你不像其他人那样需要陪伴。你盯着屏幕，仿佛周围的人都不存在。那一天，我心里涌出从未有过的感觉。我不知道那就是爱。”

“可是……”

她无视他的插话，继续说：“我开始经常来这儿看你。你只是来这里写作业和蹭电脑的大学生中的一个。我会坐在这里，我们现在坐的地方，看着你永不停歇地打字。有时候，你会点一杯咖啡，而我会站到你旁边。我们的身体偶尔会碰触，每次你都会害羞地笑着道歉。我偷你用过的纸巾、你喝过的杯子和你握过的搅拌棒。慢慢地，我衣柜里的小抽屉就装满了你的东西。不知不觉，一个月过去了，你成了我生命的一部分，我生命里最重要的部分。

“我每天都期待夜晚来临，一下班就会来这里看你，看上几个小时。只要看到你，我的疲惫就会消失无踪。可是有一天，你没来。整整一个星期，我每天坐在这里等你，等上好几个小时。我的心碎了。我必须要做点什么。我追到你的大学，发现你们的图书馆刚刚安装好光纤。如果我每天都到大学图书馆去，很容易会引起怀疑，所以我必须想办法引诱你回到这家咖啡馆。因此，你获得了咖啡馆的贵宾卡，每次来都能免费喝咖啡和吃一个甜甜圈——你再也不在大学图书馆写作了，这就是对我的回报。”

什么——她是怎么知道这些的？

“你又开始来这里，在这里，我们度过了许多时光。你写文章，我看着你。你从没注意过我，这让我有点儿心碎。几个月里，我穿着最漂亮的衣服坐在这里，而你却从没有抬头看我一眼。也许你只是太害羞了。我逐渐意识到你是在写书，你是那样努力。说真的，我在你俊俏的脸上看到了痛苦。我爱你、怜惜你，想跑过去拥抱你，带你回家，疼你，给你看我的珍藏，告诉你即使你的书还未写成也已经拥有了一个读者。我们在一起的几个星期仿佛一眨眼就过去了。你坐在那儿努力写书，我坐在那儿努力看你。你总是停留在那几页。每天你离开后，我都会从公用电脑的垃圾箱里找回你删除的故事读上一遍。我会把它们打印出来带回家。至今我还保存着，虽然没有一个故事是完整的，但很美，就像我们的故事一样。

“每读一个故事，我就感觉自己更了解你一点儿，然后还想了解更多。我没吸过毒，可我觉得这和吸毒很像，原本只是打算尝尝那滋味，但很快沉迷其中不可自拔了。有几个星期，你因为考试没有来，那些天里我痛苦不堪。不过考试过后，你还会回到这边。我每天都坐在这里，想着该和你说些什么，却从未鼓起勇气开口。在你删掉的那些故事里，女主角个个出类拔萃，聪明又性感，我觉得自己哪一点都比不上。”

她轻笑着拿出手机，让达曼看一张照片。

“瞧！我以前有点儿胖，可现在不胖，对吧？”

达曼注意到照片里的莎瑞雅丝有些丰满。这是一张在同一家咖啡馆的自拍照，他发现背景里年轻的自己正埋首于电脑前，旁边放着一杯咖啡。

“宝贝，我还有很多这样的照片。”她说，点开一个文件夹，里面有数百张照片，同样的类型、同样的拍摄角度，唯有拍摄时间不同，但都是三年前拍的。

“你在监视我？”达曼问。*她是跟踪狂。*

“我是在欣赏你。整整一年的时间，我坐在你现在的位置欣赏你。看看我们现在，最终走向了美妙的边缘。我们最后一次的相见是个错误，果阿邦的一切本来不该发生的。”

“你怎么会去果阿邦？”

“我是跟着你去的。”

“你怎么知道我要到果阿邦去？”

“你在公用电脑上登录的邮箱忘记退出，就是那台电脑。”莎瑞雅丝指着角落里的两台电脑说，达曼看过去，彩色的屏保在屏幕上闪现着。*这种事我做得出来*，他心里想。

“你查看了我的邮件？”

“为什么不看？难道你有什么是我不能看的吗？我原本想再多找几篇故事，但你猜我发现了什么？”莎瑞雅丝高兴地说，“预订前往果阿邦的飞机票和预订的酒店信息。我知道这是一个信号，我的机会来了。否则你为什么没有退出邮箱？我兴奋极了。”她的脸上露出笑容。

“然后你跟踪我？”

她笑着说：“没错，宝贝，我们就这样相遇了。在看了你好几个月以后，我们终于相遇了，就像你在故事中描写的相遇一样——在果阿邦一个空荡荡的小图书馆里。”

莎瑞雅丝吃光了三明治，而达曼只咬了一口。咖啡杯已经空了，莎瑞雅丝又要了两杯，同时要求服务员加热他的三明治。

“可那时你不是已经订婚了吗？”

“是的，但反正就在果阿邦，不是吗？”她噘着嘴说，“你是我结婚前的最后一次放纵。”她紧紧握住他的手。

“你跟踪我一年多，结果我只是你最后一次放纵？即使对你来说，这也不算合理。”达曼嘲弄地说。

莎瑞雅丝气呼呼地说：“我没有跟踪你。因为爱你，所以我才会看着你。我对你一见倾心，虽然我花了点儿时间才意识到这一点，但我从始至终都爱着你。你要相信我，这很明显。谁会像我这样为了你不顾一切？”

“你指的是乔装打扮去接近我妹妹、阿芙尼和贾扬提吗？然后毁了我和集书出版社的合约？”达曼指责说。

她好似受到夸奖一样笑起来。“我还见了苏米特。他们四个都太天真了，特别是你的好朋友，那个‘愤怒男孩’苏米特。他们怎么能把手机就那么放在一边？他们的生活、秘密仅仅依靠四个数字的密码保护，而他们在输密码的时候甚至从不注意有没有人偷看——手机越大就越容易看到密码。”她把一台手机滑到他面前，“宝贝，你跟他们没什么不同。你输密码的时候也从不注意周围的情况。”那是达曼的手机，它已经被解锁了。

她什么时候拿的手机？“你是怎么……”

“我观察过你，记得吗？我还删掉了你准备发给苏米特的照片。你可以跟我说，我们聊完后一起拍一张。我知道哪里的灯光适合拍摄，我在这里拍过无数照片。”

“我……”

“苏米特不喜欢我，是吧？那没什么。我不会因此对他有看法。平心而论，他对你来说是一个很好的朋友。但他不知道的是，我做了他该做的事，或者说起码是他想做的事。你还记得大学最后一年和你交往的女孩吗？你和她交往了五个月。你相信自己爱上了她，甚至你在几篇已经删掉的故事里用了她的名字。我曾把她的名字换成我的名字。如果……”

“安娜雅怎么了？”

“苏米特一直叫你和她分手，她不是个好女孩，但你偏爱和这类伤风败俗的女孩交往。你总是追求得不到的坏女孩，用尽一切爱她们，希望能改变她们、影响她们，但同时又让她们保持原样，告诉她们做自己就好。宝贝，你这样做让我又敬又爱。但她不配。她每天都在欺骗你、背叛你、取笑你，这让我无法忍受。你坐在这里和你最好的朋友较量，为她辩护。他一直跟你说她的事，可你却拒绝相信。你以为是谁让你和她分手的？”

“……”

“你收到了一封她和不止一个男人互发露骨短信的截屏。你以为是谁发给你的？”

该死！“我确实曾收到过一封匿名邮件。”达曼说。

她窃笑不已。“达曼，那时当然是匿名的，不过是我发的邮件。”她再次翻阅她的手机。几秒钟后，她找出截屏展示给达曼。“我一直在照看你。设想一下，如果我没有把安娜雅不忠的证据发给你，你会继续和她交往，她则会继续愚弄你。相信我，拿到证据并不容易，她在用生命保护自己的手机，真是聪明的女孩。不管怎样，你现在知道是谁在守护你了。我一直在守护你。”

“最后一个学期，我帮你逃脱了热力学课程留堂的处罚。我不想提这个，但我会告诉你我在其他时间是怎么对付你的热力学教授阿罗拉的。不要这样看着我，我没有杀他。”她咯咯笑个不停，“别提留堂了，你这门课得了七十三分。我至今还记得你在教务处看到成绩单时的笑脸。你看上去非常快乐，宝贝。我还有许多事要告诉你，但我不想偏离主题。你问为什么你应该把我放在阿芙尼前面，答案是因为我从一开始就可以阻止你们——你和阿芙尼永远不会在一起。”

“但我们在一起了。”达曼喃喃道，他全然束手无策了。

莎瑞雅丝“砰”的一声敲在桌子上，咆哮道：“那是我允许的，是我允许的。”

她稍微收敛了一点儿怒气，低声继续说：“因为我觉得她可笑又无趣，所以才允许你们在一起。她是银行家，根本不是你想要交往的那类女孩，就算是那个安娜雅都比她有趣得多。她是你交往过的三个女孩中最没劲的一个。你以为为什么你会是她的第一个男朋友？为什么没人在意你们的事？”

“我们能……”

“因为她很无趣，达曼。你比任何人都清楚这点。要不然你为什么一开始不在书里写她？这既是问题，也是答案，不是吗？或者你为什么不让她见你父母？因为你对她不确定，而且将来也不会确定。达曼，不要再自己欺骗自己了。我观察过你们的约会，你看上去对她很厌烦。”

“并不是这样。”达曼反驳说。

“听着，我知道你和阿芙尼只是将就，就像我和我丈夫一样。”

“可是……”

“好吧，随你便。我们不如换种说法好了。宝贝，假如我令你失望，我还能到哪里去呢？我的命运总是和你的命运缠绕在一起。”她说，“我不介意你们在一起，你也应该不介意我和我丈夫在一起，只要你对我像我对你一样坚定不移，只有我是你的唯一真爱和灵感源泉。你明白了吗？我们会像作家萨哈尔·鲁德罕威和阿姆瑞塔·普瑞塔姆一样，虽然他们没有结婚，而且各自拥有家庭，却相爱至死。宝贝，你了解他们，不是吗？你和我，我们会和他们一样。”她红着脸，蜷缩在椅子里的样子看起来像个小婴儿。

达曼仍然一动不动地坐在那里，满脸难以置信地看着她。

她继续道：“我知道让你接受这一切有点儿难，宝贝……”

“接受起来有点儿难？你在说什么？你的所作所为是违法的，我可以让你蹲监狱。”达曼气闷地说。

莎瑞雅丝惊讶地拉开距离。“你为什么这么做？宝贝，难道你没看到我对你的爱吗？我为了我们俩做尽了一切。你肯定能感觉到，不是吗？”她声音颤抖，低下头不去看他，同时擦了擦眼角，“报警没什么用。你没有证据，他们不会相信你，反而会相信我，只要我告诉他们说你的手机里有一个命名为莎瑞雅丝的文件夹，里面有很多偷拍的我的照片。宝贝，我很伤心你竟然会有报警的想法。”她捂着胸口抬起头，通红的眼睛里含着泪水。

达曼忙乱地翻看手机，确实有一个命名为莎瑞雅丝的文件夹。*她什么时候搞的？温柔，该死的，要温柔。*“把你的手给我。”达曼说。他握着她的手，尽可能温柔地开口道：“一切到此为止，拜托。我认可你的感情，深感受宠若惊。但一切到此为止。如果有需要的话，我可以陪你去看医生。但我们必须要解决这件事，你必须要停止这种疯狂的行为。”

“你说我们的爱情是疯狂的行为？过去的三年只是疯狂吗？”莎瑞雅丝问，泪水从她脸上滑落。

他把椅子挪近一点儿，用一只手臂环抱着她：“莎瑞雅丝，发生的事够多了，但现在该结束了，为了你也为了我。我在思考我们的事，这对阿芙尼和你的丈夫都不公平。我们之间该结束了，也许就在这里结束。三年时间很长，不是吗？我们曾拥有美好时光，但仅仅如此。如果你爱我，就为我这么做。放开这一切，好吗？”

她把脸埋在他怀里轻轻抽泣：“我们不可以就像现在这样吗？”

“不可以，莎瑞雅丝。”达曼尽可能真诚地说，“求你了。”

“不，不，不要求我。如果我让你求我，我会觉得自己很坏。”她拿了一张纸巾擤鼻子，而后叹息道，“我会考虑的。我太爱你了，你能给我点儿时间吗？”

达曼点点头：“谢谢。”

她忽然破涕而笑。

“怎么了？”达曼问，害怕她又有了什么念头。

“我以为我们今天会发生什么事情，我真是太笨了。你知道当年我们在果阿邦离开图书馆后去哪儿了吗？”

他摇摇头。

“你的房间。那天你表现得非常得心应手。你说你能用房间里的咖啡机做出更好喝的咖啡。到了房间后，你甚至完全忘了咖啡。你……你吻了我。”

“是吗？”

“吻了三次。”莎瑞雅丝坚定地说，一点儿也不感觉害羞。

“……”

“这些你还记得吗？”

“不记得。”达曼说，“但我希望我记得。”

莎瑞雅丝离开前，他们一起拍了一张照片。她走后，达曼把照片发给了苏米特。随即，苏米特证实——她就是汽车里的莎瑞雅丝，那个跟踪他、守护他的女孩。

29

阿芙尼不是一个疯狂的人。

相反，大家经常责怪她太理智了。但这次莎瑞雅丝事件在慢慢让她发疯——事情转换到另一个年头，达曼还在上大学，而两年后阿芙尼才知道达曼的存在——他们拥有共同的过去。莎瑞雅丝对达曼不再是普通的迷恋，他们之间发生的是一个违背常理的爱情故事。

莎瑞雅丝的话让她辗转难眠。在南延地区的咖啡馆里，阿芙尼背对着达曼和莎瑞雅丝，坐在两张桌子以外的地方，听到了他们的全部谈话。她听见莎瑞雅丝威胁、乞求、哭泣，然后答应考虑退出。阿芙尼忍不住思考达曼和莎瑞雅丝的事——她肯定达曼也思考过。

那天，在莎瑞雅丝离开后，阿芙尼和达曼改道去了两个街区以外的一家咖啡馆。除了“这一切太疯狂了”之外，达曼整晚都没怎么说话。

面对眼前这位在脑海里爱上一个疯女孩，还在网上和书里写她故事的作家，阿芙尼不知道该怎么理解他的反应。*莎瑞雅丝的爱意和疯狂倔强得可爱，达曼发现这一点并爱上她是多久以前的事？*莎瑞雅丝的执着显得既病态又难能可贵，那长而顺的黑发和死尸般苍白的面色让她看起来就像跟踪者当中的“汉尼拔[①]”。

达曼说在咖啡馆见面那天之后莎瑞雅丝就没再联系他，但她怎么能放心呢？过去的几天里，她常常盯着办公电脑上她和达曼的屏保照片想莎瑞雅丝是不是已经回过电话了。*如果达曼喜欢她的疯狂呢？如果我真的很无趣很让人厌烦呢？*

今天是周日。她出门时穿上了昨天在菲比商场买的白色套装，没有戴头纱，还化了一点儿淡妆。她知道达曼不怎么高兴，可她想不出别的办法了。她不是多疑，而是想确认某些东西。一个小时后，她来到达曼的父母家。她知道他在。

达曼的母亲打开门时，阿芙尼假称说这是她早就计划好的惊喜。达曼的母亲以无比的热情欢迎了她。

---

① 汉尼拔是美国作家托马斯·哈里斯的系列小说《汉尼拔》系列里的主人公，是一位有着极高智力和敏锐洞察力的精神病医生，同时也是一个系列杀人犯，其出名之处在于他会吃掉被害人的一部分，所以也被称为“食人魔”。

“瞧，她来了！”他的母亲招呼道，亲吻了她的额头，然后在她进门前把油倒向房屋外面。当她咬掉自己的一片指甲来驱除邪灵和“凶眼”的时候，阿芙尼脸红了。“真美。”他的母亲说，达曼烦闷地在旁边看着这一切。

刚开始的一小时里，他一句话没跟她说，甚至一眼也没看她。达曼的母亲觉得他是太害羞了，而阿芙尼更清楚是怎么回事。可如果能永远拥有达曼，她可以容忍他的恼怒。*这将成为未来我们告诉孩子们的一件荒唐趣事*，她心里想。达曼会说他们的妈妈是如何不放心，竟然不说一声就去了他们祖父母的家里。

达曼的父亲问了她许多工作上的问题，如腐败的国家金融制度以及财政赤字，而且对她的回答很满意。刚开始时，他们意见一致，接着就针对几个观点争论起来。这段时间里，达曼的母亲准备了一顿美味的大餐。阿芙尼总是在达曼父亲讽刺政府时发出笑声，他父亲对她同样也是礼尚往来。待确定达曼父亲对她留下好印象后，她说了一声抱歉，然后去厨房帮达曼母亲的忙。

“这女孩挺好。”她听见达曼的父亲对普赫库说，普赫库在大多数时间里都只是好奇地盯着她看。阿芙尼到达曼家来只有一个目的——确立自己在达曼生命中的地位，让达曼对他们的关系有所顾忌。她为两人的恋情付出了那么多，值得这样的对待。如果达曼敢和她分手，起码他父母会站在她这边。

达曼的母亲没要她帮忙，所以她就站在厨房里同她聊天。达曼的母亲烹饪手艺很棒，也特别会聊天 。有那么一会儿，她几乎觉得自己就是这个家的一分子。她帮他母亲把饭菜端出去。餐桌上的气氛非常轻松，欢声笑语不断，只有达曼不是在生气就是在闹别扭，即便是妹妹普赫库，也在阿芙尼和她分享网飞视频密码的时候放松下来。

午饭过后，她趁洗手的时候叫住了达曼。

“你还在生气吗？”

“没有。”达曼移开视线说。

“对不起，我不该来的。”她说，她想要挤出几滴眼泪，但没有成功。

“是的，你不该来。”

眼泪下来了。他没看她，过了几秒后，达曼才发现她哭了，他立刻抱着她问怎么了。一开始的眼泪是她硬挤出来的，但当她被达曼拥进怀里的时候，泪水不由自主地就流了出来。

“我感觉很不安。”

“什么？为什么？”达曼问，闪烁的眼神表明他想到了答案，“哦，因为她说的话吗？你疯了吗？”

“没有，可她说得对。我很让人厌烦，不是吗？也许这就是你不想让我见你父母的原因。”

“阿芙尼，你错得不能再错了。那女孩精神有问题，你没有让我感到厌烦。你为什么这样做？你可以先和我说一声的。”达曼解释说。

“对不起。”

“阿芙尼，这没什么。”他说，亲亲她的额头。他让她趁没人注意到之前洗干净脸，然后打理好自己。

“我可不想让他们认为我是个虐待狂。他们很喜欢你。”

她笑了。

过了一会儿，普赫库把阿芙尼拖到她的房间，给她看自己收藏的新书《冰与火之歌》，书里全是图谱，还有一封乔治·马丁的电子签名信。普赫库很惊讶阿芙尼虽然没读过这本书，但却了解乔治·马丁和美剧《权力的游戏》。*我什么都知道！我来之前做过准备*，阿芙尼心里想。普赫库在推特上只发两样东西——《权力的游戏》和哈利·波特。阿芙尼熬夜把它们都看完了。

“你俩会结婚，是吗？”过了一会儿，普赫库兴奋地问。

“现在谈这个还太早了。”

“可你为什么和我哥哥结婚呢？他比起你来有点儿失败，姐姐。”她笑得太开心了，说话的时候溅出了口水，但立即表示了道歉。

*姐姐？我是她的家人了吗？*这让她心里感到一点儿温暖。然

后，她注意到桌子上放着达曼的一个相框，就在普赫库那些无机化学书籍的旁边，相片里的达曼全身裹满了绷带，虽然睁开了眼，但眼里一片茫然。

“这是他苏醒第二天拍的。”普赫库解释说，“我一直跟自己说，我们能救回哥哥真是太走运了。哥哥第一眼见到我的时候甚至认不出我来，但他慢慢地就都想起来了。”

“你肯定很难受吧？”

普赫库点点头，眼里闪着泪花：“妈妈更难受。他苏醒后的头几个月里一片混乱。医生诊断他患了创伤后应激障碍症。有时候，一切似乎回到了正轨，但如果不经意间提起车祸，他就会再次发作，然后失去意识。有两次他差点儿被自己的口水呛死，医生只好在他脖子里开了个洞。”

我知道，我见过那里的伤疤。

“不过，他现在好多了，虽然醒来之后一直叫我普赫库。”她敲了敲旁边的桌子说，“好运好运。”

阿芙尼对她露出笑脸。沉默片刻后，阿芙尼问道：“那我该怎么称呼你呢？丽图还是普赫库？”

“普赫库。”她回答说。

30

达曼在阿芙尼之前交往过三个女孩，分别是拉缇卡、苏克丽缇和安娜雅。他和拉缇卡牵过手没接过吻，和苏克丽缇接过吻没上过床，最后将初夜给了安娜雅。但直到遇见阿芙尼，达曼才知道性爱是多么充满激情和让人沉沦。这天，他们在他父母家吃完午饭后，回到了达曼的公寓就上了床。阿芙尼的渴望非常明显，“我爱你。”她一边起伏一边不断小声地说。

她确实爱我，达曼心里想。阿芙尼不善言辞，也不善于表达感情，全靠他时不时地捕捉她爱的信号。但这次是他捕捉到的最强的信号——事先没说一声就上门，还为了能留下好印象而使出浑身解数。她是真的爱他。

我也爱她……

“我睡着了。”阿芙尼从小睡中醒来说，“你不困吗？你看上去像好几天没睡觉了。”她爱恋地用一根手指抚过他的脸，“她让你心烦吗？”

“没有。”

“她还没打电话来，是吗？”

“这才是问题所在。”他边起床边说。

他揉着太阳穴走来走去，说：“她这么轻易地走开难道不奇怪吗？”

“也许她想明白了。”

“她不是那种走了也不说一声再见的人。”

“你现在想她了？”阿芙尼嘲弄地说。达曼翻了个白眼。她继续道：“坐下来，达曼。我们得到了想要的结果，对吗？她不会再给我们找麻烦了。”

“她会，我确定。她跟踪我，像傀儡一样操纵我，现在怎么会这么轻易放弃呢？事情有点儿不对劲。”达曼急切地说。

“我不知道。”

“等等，我让你看样东西。”达曼拉开一个抽屉拿出一叠纸，把其中一张递给阿芙尼。“除了安娜雅分手事件和课后留堂事件，她还不止一次干预我的生活。”他说，“看这个。”

“写这封信是告知L&T公司，我不会加入L&T——你们在校园面试中所说的薪酬低于我的期望，这是对我的能力的侮辱——我不会加入你们L&T公司，请不要再给我发入职信。此致，达曼。”

“这是一封我发给L&T公司的拒绝信。”

“你没发，是莎瑞雅丝发的？”

“正确。因为他们会把我派到孟买而不是德里。而且还不止这一封信。她删掉了不喜欢莎瑞雅丝的读者的来信。”达曼说。

阿芙尼皱起眉：“你三年里没改过密码吗？”

“我改密码的时候只会改掉一个数字或是增加一个字母。而且那又怎样呢？反正她一直在偷看。”

“但如果她一直偷看你的邮件，你把故事大纲发给贾扬提的时候她怎么不看呢？”阿芙尼问。

“我猜她想留着增加兴奋感，也许不想让一本没写完的书破坏它。她没想到我会在书里写死这个角色，也许正因如此她才会那么生气。她疏忽了。”

“这太糟糕了。”

“所以我才认为她还会回来。”达曼说。

接下来几个小时里，他们坐在那儿胡思乱想，虽然开了网飞视频，但谁的心思也不在上面。阿芙尼该回去了。“别担心，会想出办法的。”她在达曼锁门的时候说。到一楼时，他们看见很多人一边兴奋地说着什么，一边朝公寓楼外面跑去。

“怎么回事？”阿芙尼奇怪地问。

他们跟着人群涌出楼外，瞬间一股热浪迎面扑来。达曼本能地抓住阿芙尼的手。他们挤过人群去寻找引起骚动的源头。热浪越来越强。在穿过人群后，达曼发现有什么东西起火了。他很快意识到那是一辆汽车，火焰吞噬了一切。火势已经减弱了，汽车残骸慢慢显露出来。空气里充斥着刺耳的警报声。

阿芙尼猛然抽出手，她倒抽一口气，瞪圆了眼睛发出无声的尖叫。她看向达曼，他突然明白过来，一颗心沉到了谷底。

“那是我的车！”达曼想着，然后昏了过去。

31

“创伤后应激障碍患者普遍会出现这种情况，但不算完全意义上的复发。这些药物会让你几个月内就能康复，但你要确保远离可能给你造成很大压力或是类似车祸的场景，明白了吗？”医生说。

“医生，我没有再次看我的车被烧的打算。”达曼开玩笑地说。

阿芙尼没感觉到其中的幽默感，她仍旧震惊于过去三天里见到的可怕情景。达曼昏倒后被很快送进医院，他发作了两次癫痫症、三次恐慌症，还有几次丧失了记忆。医生签字同意达曼出院，他们随即准备离开。前台接待员在准备达曼的药时，阿芙尼说：“我还是觉得应该通知你的父母，或者，起码应该通知苏米特一声。”

“苏米特知道了就等于我父母知道了。”他说，“他们正在担心普赫库的考试，我不想再给他们增添烦恼。我已经好了，你太大惊小怪了。”

“大惊小怪？我看见你两次全身湿透地醒过来。两次！我从没有这么害怕过。”

“没事的。”

“有事！我看见你全身颤抖……我觉得……我很生气我没法帮你。你就在我面前，而我……我……我是那么无力。”

“所以才会有人花十年时间学习当医生，这样就不用你帮忙了。”

阿芙尼把文件递给前台的护士，然后转过身拥抱了他一下：“如果下一次情况更糟怎么办？”

阿芙尼埋在他怀里哭，达曼安慰她说：“不会的。你没听见我对医生说的吗？我没有汽车可以烧了。”

他们打车回到达曼的公寓。达曼在他的汽车——现在成了一堆黑灰色的金属——旁边站了一会儿，满脸不高兴。

阿芙尼握着他的手说：“医生叫你不要给自己压力。我不想因为一辆车而失去你。保险会赔付大部分损失的，所以不要担心了。”

趁达曼不在家的时候，阿芙尼联系了一家清洁公司打扫了整间屋子，还将窗帘换成了更明亮的颜色。

“这看上去就像玩具屋。”达曼说，“不过挺好的。”

“真的吗？”

“当然。”达曼说，跟着阿芙尼进了厨房。他点起一支烟，但阿芙尼却把烟从他手里拽出来灭掉了。

“干什么？”达曼抗议说，“吸烟和创伤后应激障碍症之间绝对没有一点儿关系。”

“我们也用不着去证明这点。”阿芙尼说，开始烧开水。

一会儿，他帮忙把茶水倒进她新买的两只杯子里。端着茶杯去了客厅。

“我打算晚上给贾扬提打电话。”他说，“医院账单……总之，我要争取更高的签约款。虽然手头有点紧，不过我有办法。那些线上杂志追在我屁股后面让我给他们写文章，我打算接受邀约。”

“你应该让我付医院账单的。”她说，“你考虑过其他出版商吗？”

“我没这个打算，起码贾扬提小有名气。”达曼用一种“认输”的口气说，“我现在只想签好约，然后写书，另外再兼职写几篇文章。”

我只想拥抱他，把这些都赶走，她心想。“没问题，你觉得好就行。”阿芙尼说。

“你现在说起话来和我妈妈一样。”他窃笑道。

阿芙尼笑了。“你觉得保险公司多长时间能完成赔付？”阿芙尼问。

“据我所知至少要五个月，不过我得查查保单。”

“拿到钱以后别再买车了！”

“当然。”达曼咯咯笑着说，“一朝被蛇咬，十年怕井绳。两朝被蛇咬，永远怕井绳。”

过了不久，阿芙尼去上班了。她原本不想离开的，但在这之前她已经请了三天假来照顾病床上汗出如浆、浑身颤抖的达曼。“明天我再来看你。”阿芙尼说。

“我应该开车送你去，可是……”

“适当的时候我们会再买一辆新车。”阿芙尼说。她看到达曼站了起来，于是说：“我走了。你躺下来休息一会儿。我爱你。”

她打开门，发现门外躺着一个信封，上面积满了灰尘，他们进门的时候没有注意。她把信封捡起来。

“什么东西？”达曼问。

“一封信。”她说。

她对着灯光举起信封，小心翼翼地撕开封口。信封里是达曼汽车保单的打印件，上面用红色墨水印着一句话：

宝贝，我只能这样。我没有选择。

达曼和阿芙尼同时发现——达曼的保单在汽车着火的前一天就过期了。

32

自他们打开信封已经过去了两个小时。阿芙尼打电话给办公室推迟了会议。

“你应该去上班，你坐在这里也起不到什么作用。”达曼说。

“我不能就这样丢下你。”

“我没事！”达曼提高嗓门说。

“我们应该报警，这已经超出我们的能力了。”

“凭什么？我们有什么证据吗？凭这个吗！”他挥着手里的保单。“谁会相信我们？”他摇摇头，“我知道她还没完，我知道！”

就在这个时候，达曼的手机响了，是莎瑞雅丝发来的一条短信：打开视频通话，叫上阿芙尼。

“不行。”阿芙尼反对说，“医生叫你……”

“那怎么办？躲起来？躲多久？该死的，她烧了我的车！”

他打开电脑上的视频电话，看到一条来自莎瑞雅丝的通话请求。

“录下来。”达曼说。

阿芙尼打开手机的录像功能，把它放到远处。

“准备好了吗？”他问。

“好了。”

达曼发出通话请求。三声铃响过后，莎瑞雅丝接通了视频。刚开始的时候她的图像很模糊，但渐渐就清楚了。莎瑞雅丝朝他们露出笑容。她戴着耳机，正在地铁上。

她笑着说：“瞧瞧这是谁。在谈话前，我要你们俩关掉手机。”达曼和阿芙尼互相看看。“你们在等什么？快点！”莎瑞雅丝催促说。

他们俩照做了。

“你为什么烧了我的车？”达曼问。

“天哪！看看你们后面的窗帘。”莎瑞雅丝说，“比我想的差远了，阿芙尼。”

“你为什么烧了我的车？”他又问。

地铁里的广播很响，她按了暂停。“下一站，康诺特广场。下一站，康诺特广场。请注意列车与站台之间的空隙。请注意列车与站台之间的空隙。”

“阿芙尼？如果有人骂你，你会怎么做？比如疯子？精神病？”莎瑞雅丝问，“你就是这么骂我的，不是吗？”

“你跟踪我们？”阿芙尼倒抽一口气。她知道我坐在另一张桌子旁边。*她假装走掉，然后跟踪我们！*

“我只不过是以其人之道还治其人之身，阿芙尼。”莎瑞雅丝说，“你真的以为我没看见你坐在旁边偷听我和达曼的谈话吗？我有一年的时间为了达曼常常坐在那家咖啡馆里。我对他了如指掌。没错，我跟踪了你们。你们手牵手离开咖啡馆，一路上还在说我的坏话，骂我。”

阿芙尼冷静下来说：“你没权利烧毁汽车！这是犯罪！”

“混进书里妄图取代我的位置，换掉我爱人公寓的窗帘，这比犯罪还要可恶。”

“该死的，你为什么要烧了我的车？”达曼“砰”地砸在桌子上，怒气冲冲地说。

“报复。”莎瑞雅丝大声说，“还有，不要这么对我说话，宝贝。”

“这车花了我很多钱！”

“保险会赔的。”莎瑞雅丝说。

“保单过期了，你明明知道。”阿芙尼说。

莎瑞雅丝看向达曼说：“叫你的女人别这么跟我说话。”

“随便。”阿芙尼回嘴道，然后从电脑屏幕前走开了。

“她的态度真恶劣。”莎瑞雅丝嘲弄说，“是的，我知道保单要过期了。还记得你去橄榄酒吧餐厅参加派对吗？是我开车送你回家的，你累得筋疲力尽，第二天什么也没想起来，就是你发现你的书被烧掉的那天？也许我应该在你的酒里少下一点儿药。”

“什么？”达曼问。

阿芙尼站起来，靠近电脑屏幕。

“我在你的酒里加了迷幻药。我真的很想成为书的第一个读者！”她解释说，“总之，我出于习惯拍下了你所有的文件，汽车登记卡、污染检验证，等等。我没想到我会用得上，但你可以称之为先见之明。”

他们再次听见广播响起来，莎瑞雅丝对着达曼笑。“下一站，新德里。下一站，新德里。请注意列车与站台之间的空隙。请注意列车与站台之间的空隙。”

“你想说什么？”阿芙尼问。

“哦，你回来了？达曼跟你说过你长得有多难看吗？”莎瑞雅丝评论说，“我的意思是我伪造了你的签名，另外办理了一份汽车保险。如果你愿意，你可以拿到保险赔偿。”

阿芙尼在椅子里不安地动来动去。

“你想要我怎么做？”达曼问。

莎瑞雅丝微笑着说：“和坐在你旁边的阿芙尼分手。这个要求是不是很简单？”

“不行。”

阿芙尼在桌子底下握住达曼的手。莎瑞雅丝没有漏掉这一幕。她说：“你们别在我面前牵手会比较好。”

“他不会答应你。他不会和我分手。”阿芙尼说。

“他没有其他选择。”莎瑞雅丝怨毒地看着她。

“他怎么做和你无关。”阿芙尼尖声说。

“我不是在跟你说话。”莎瑞雅丝说，“达曼，我们来谈谈合约。如果你签订的合约比贾扬提签的更有前途呢？出版更快？钱更多？自主权更大？如果我搞定卡西克了呢？如果他不再是你的障碍了呢？”

“你要怎么做到这些？”达曼咕哝说。

“这是我的事。你喜欢吗？我能办到。你和你那个没用又可怜的前女友阿芙尼都知道我能办到。毕竟，可怕的疯子破坏力很强，是吧，阿芙尼？”她眨眨眼，“你的决定呢？你选择你的车、钱、书和未来，还是选择这个垃圾女朋友？”

莎瑞雅丝没来得及多说，因为阿芙尼切断了通话。

“你为什么这样做？”达曼抱怨说。

“我们不需要她。”

“可是……”

阿芙尼拿起包转身就走，眼里满是泪水。

33

达曼在集书出版社的会议室里等贾扬提·拉古纳特，半小时里喝光了三杯茶。昨晚他梦见贾扬提笑容灿烂地走进来说，英国一个大人物读了他的书后想要帮助他走向全球。但早晨的阳光唤醒了他的美梦。

他又看了看表。阿芙尼还没到，也没接他的电话。她最后接电话的时候达曼控制不住地问："你到底在哪儿？你不能抛弃我！"她说她会在十五分钟内到。"那是地铁的声音吗？你为什么不开车或打车？"她在电话里气喘吁吁，说了几句有关峰时价格的话。随即，他便挂断了电话。

自从那天之后，莎瑞雅丝经常挑阿芙尼在的时候给他打电话，不断重复她的要求。"分手的回报是你的事业。你确定她值得吗？"她一遍一遍说。

阿芙尼和他待在一起的时间越来越多，几乎每晚都在他的公寓过夜。洗手间里有她的牙刷，衣柜里挂着她的两套衣服。她表现得像一匹害怕被处死的瘸马，但达曼并不打算和她分手。当发现她在半夜哭泣时，他花了很多时间安慰她。"我希望我能解决这一切，我希望我能为你做点儿什么。"她一边在他怀里小声啜泣一边不断地说。"让我帮你。"她曾这么说，然后递给他一张和保险金额相等的远期支票。当然，他拒绝了。

"我可不像房东。"他抗议说。她觉得一切都是她的错，这让他很难过。每次她提起来的时候，他都会说这不怪她，但他没说的是，他总是在夜里睁着眼睛想——如果他答应莎瑞雅丝了，事情会变得怎样。

他有点想去厕所，于是站起来走向洗手间。等回到会议室的时候，贾扬提已经和另一名女性坐在那里等他了，她介绍说那是法律部门的主管。

贾扬提说："很高兴你和我们签约。虽然书的出版时间比你期望中的迟一点儿，但我们保证会竭尽全力让它引起轰动的。"

她让达曼有什么问题尽管问法律部的主管。他们握握手，贾扬提和法律部主管离开了，留下达曼一个人阅读合同。显然，他们不需要再谈酬金和时间安排，合同非常标准，没有什么隐藏条款，简单的十页纸而已。

达曼在接下来的一个小时里仔细看了两遍，每次他觉得没问题了，就会重新再看一遍，试图找到一个问题，但他找不到。他想等阿芙尼看过合同之后再签字。他向后靠在椅子里。

他向外看的时候发现了一些小骚动。贾扬提和两个编辑在激动地说着什么，又是捂脸又是摇头，不一会儿他们全都拥进了总裁办公室。显然，他们讨论的事情很快传遍了办公室。人们三三两两地站在那儿说着什么，脸上不同程度地出现他在贾扬提脸上看到的震惊表情。

二十分钟后，贾扬提和另外两个编辑才从总裁办公室出来。他们沉着脸，仿佛快乐被抽干了似的。不久，法律部主管进来查看达曼的合同签得怎么样了。

“我想带回家检查一遍，我不想犯一点儿错。”达曼说。

她点点头，说：“可以，我通知贾扬提一声。”对方正准备离开的时候，达曼问道：

“外面怎么了？”

“我们的一个作家出了意外。卡西克·伊耶，我不知道你听说过没有？”

“他怎么了？”

“他从楼梯上滚下去了。”

“该死！”达曼说，脑海中想象着他扭成一团无声无息地躺在地上的情景。

“他没事吧？”

“他还活着，但脊椎伤得很严重，两条腿也多处骨折。医生说他接下来几个月都要在医院度过了。”她悲伤地说。

达曼点点头。

“我会联系贾扬提。”她说，然后离开了。

达曼想着要不要去医院看望卡西克。虽然他讨厌他，但还是为他感到难过。

“我可以进来吗？”贾扬提问，没等他回答就大步走进来，“合同十分清楚明了，为什么现在不签？”

达曼感觉贾扬提不像往常那样自信，声音颤抖，还玩弄手中的笔。她像老了好几岁。不管她多令人讨厌，但毕竟他们合作了这么久，还创造出了销售奇迹。

“我不确定……”

“你在考验我的耐性，你之前有几个星期的时间考虑是否转投其他出版社。这份合同很重要，不管是对你还是对我们。没有什么是你看不懂的，赶紧签字，明白吗？”贾扬提说完拍了下桌子。达曼突然如醍醐灌顶。*她很迫切*。她之前从没说过合同对他们很重要。

“不行，贾扬提。我可能要找人审阅合同。我不想再犯同样的错误。”

贾扬提恼怒地举起手。这是迄今为止最不专业的贾扬提了。她接受不了卡西克的事，而他知道原因——她最好的作家在接下来的几个月里毫无用处，他交不出签了约的两本小说——这意味着她的出版日程要开天窗了。

达曼说：“这份合同配不上我的才华，酬金太低了。”

“什么？”

“卡西克得住院几个月，不是吗？这意味着他在今年写完书的可能性微乎其微。你没什么书可以出版了。”达曼说。

“所以呢？”

达曼压低嗓门肯定地继续说：“所以接下来几个月里由于卡西克无能为力，我的书突然变得更加重要起来，不是吗？这意味着你要提高稿酬，并且要换一个出版日期。”达曼笑笑。

“这不可能！”

“我相信你有办法。”达曼说，将合同塞回给贾扬提。他站起来朝门外走去，“你说过，合同对你很重要。”

贾扬提坐在椅子里，气得脑袋冒烟：“我不能相信你是一个利用其他作家的不幸来当合同的跳板的家伙。”

达曼笑着说：“难道你没有因为他对我不公吗？我确实为他难过，但同样也心存感激。也许我会去医院里看他，顺便告诉他我心里的想法。请把新合同发给我，我会很乐意重新考虑的。”

“休想。”贾扬提说。达曼转身面对贾扬提。她站起来朝他走了几步，直到她的呼吸能喷到达曼的脸上，然后再一次说：“休想。”

“你确定？”

贾扬提咆哮道：“我确定，我的宠物反咬我一口让我很不爽。”

“我不是……”

“你是，达曼，你就是个杂种。是我从大街上捡回来的杂种狗！如果不是我，你以为谁会知道你的名字？去你的，去你的书，去你的合同。你给我像条狗一样夹着尾巴滚出去。你以为你能压倒我？用你的作家身份对付我？”

“贾扬提！”

“你这颗愚蠢的小脑袋在想什么？你是作家，但我觉得你不该陷入幻想。你怎么会觉得你对我、对这个部门、对这个公司很重要？”她笑着弹弹手指说，“我一个月里就能造出另一个你。你不该辞职的，因为从现在起你永远不可能在这里出书，而且我还要打电话给所有的编辑朋友，告诉他们你的小把戏。达曼，让我们看看谁会给你出书，你的写作生涯完了。”

34

*我不该那么做。我不该那么做。为什么我要那么做？闭嘴。已经结束了，这样最好。现在你别去想了，已经结束了。*阿芙尼和自己的对话猛然被打断了。出租车停在达曼让她来的咖啡馆前，她在去集书出版社的路上接到了他的电话。*他肯定已经签完约了，*她想。

“七十八卢比。”司机说。

阿芙尼付过车费，然后用手帕擦干净糊掉的眼线膏。她双手抖个不停。几分钟前，她才停下泪水，但一想到自己做过什么事就控制不住地想哭出来。我做的事太可怕了，*但我是为了你才这么做的，我不是没用的女朋友。*

“出了什么事？”她问，达曼的眼里满是血丝和愤怒。“你签完合同了吗？”

达曼摇摇头。“一切都完了，我搞砸了。我毁了所有。”停了一会儿，他叹息着补充说，“你知道吗？卡西克今天早上差点儿死掉，可我却打算利用这一点！”

是的，我就在那儿。我亲眼看到卡西克摔倒，我还听见了他摔断骨头的声音。“你在说什么？”阿芙尼假装无辜地问。*只有这样我才能帮你。*“我不知道是什么让我鬼使神差，但我是为了你才这么做的。”她想说。

他告诉她事情的大概情况，卡西克出事的消息、贾扬提失望的语气，以及他挑战贾扬提的悲惨决定。

“我越想越觉得是我做错了。”达曼说，“我利用了卡西克的不幸。”他用手指揉着太阳穴，“当时这么做似乎是对的，但现在看起来确实太……邪恶了。我怎么能堕落到如此地步？”

“我很遗憾。”阿芙尼说。*不，不，这不可能。事情不该是这样，你不该去威胁贾扬提。为什么你要威胁贾扬提？*

“你去哪儿了？”达曼问。

“地铁抛锚了。”

“完了。”他搅着咖啡说，“我的写作生涯完蛋了，她说得清清楚楚。”

阿芙尼的心缩成一团。这些话像拳头一样打在她心里。*对不起，我尽力了。我以为我会让事情走上正轨。*阿芙尼说：“也许她只是怕你，可能她根本不像她说的那样能影响到其他出版社。”

“但他们会知道我的事。如果他们知道我这么不择手段，你觉得他们会付我多少酬金？”他问。阿芙尼回答不上来。

“这就是我的想法。”

他们沉默地坐在那儿。

几分钟后，阿芙尼说：“我有三笔定期存款和一笔活期存款，我还再度面见了巴克莱银行的招聘专员。事情在向好的方面发展。我们会渡过难关的。”她伸手握住他的手。

达曼缩回手，向后靠在椅子里。他喃喃地说：“阿芙尼，我知道你会一直在我身边。但我不能就这样坐在这里什么也不干，对吗？天哪。为什么我要冒险？我应该签了合同就走。为什么卡西克要选今天摔得半死？”

“他没死。”阿芙尼尖声说。

“他可能会死的。”一个声音说。达曼和阿芙尼同时抬起头，发现莎瑞雅丝正微笑着看着他们。“多亏了你的前女友，他可能会躺在停尸房里，而不是医院里。”

“莎瑞雅丝？”

“嗨，宝贝。”莎瑞雅丝说，手指抚过达曼的脸，但他避开了。

“这位子有人吗？我可以坐这儿吗？”

他们俩还没来得及回答，她就拉开椅子坐了下来，把包放到桌子上。她继续说："很抱歉打扰你们。我们应该经常这样聚聚，三个人一起喝杯咖啡要比我远远地暗中监视好多了。"她瞪了一眼阿芙尼。

服务员过来点单。"给我们十分钟。"她说。服务员便走开了。

"我已经听到你和贾扬提之间发生的事了，宝贝。"莎瑞雅丝对达曼说，"但我还没听到这件事里和阿芙尼有关的部分。我不喜欢没讲完的故事，所以从来不觉得短篇小说有什么看头，结尾的潜台词和悬念太多了。但我们之间不需要这些，是吧？阿芙尼，你想要自己说，还是由我来说？"

*她知道了，*阿芙尼想。*她知道我做了什么。*

"莎瑞雅丝，你在这儿干什么？"达曼抱怨说，"你该走了，这都是你的错。"

"我的错？宝贝，这有点儿夸张了，是你朝贾扬提发火的，我在努力帮你，记得吗？你还没搞清你现在的状况。"

"你该走了。"达曼说。

"我会的，但我非常想知道阿芙尼今天早上在哪里。"莎瑞雅丝看向阿芙尼，"你自己说还是我来说？"

她知道了。

"怎么回事？她在说什么？"

阿芙尼感觉天旋地转。*她知道了。*

“阿芙尼？不要这样看着我！看着他，告诉他你做了什么？他在等着呢，我也是。”莎瑞雅丝说，“让我们赶紧结束你们之间假模假样的恋爱吧。”

“我……”

“什么？”他问。

“阿芙尼，告诉他你今天早上在哪儿？”

阿芙尼汗湿的双手绞在一起：“我在地铁站。”

“没错，我们马上就要说到点子上了。你在地铁站做了什么？你和谁在一起？”

“你做了什么？”达曼质问道。

泪水开始顺着阿芙尼的脸庞流下来。她摇摇头说：“没有。”

“哦，宝贝，有点儿想象力。”莎瑞雅丝伸手抓住阿芙尼颤抖的双手。她说：“别哭了，告诉他你做了什么，阿芙尼。他急于知道答案。”

“我推了他。”阿芙尼在啜泣中小声说。

“什么？他听不见。再说一遍？”莎瑞雅丝催促道。

“我推了卡西克。”阿芙尼说，双手捂住脸。

达曼倒抽一口气。

“哦，得了吧。你差点儿杀了人，你还有脸哭。”莎瑞雅丝说。她递给阿芙尼一张纸巾。莎瑞雅丝看了一眼惊呆的达曼，解释说，

“她跟踪卡西克到一个地铁站，然后把他推下阶梯。当时很挤，谁也没看见。”

“但你看见了。”达曼喃喃地说。

“没错，只有我看见了。”莎瑞雅丝承认说。

达曼看向阿芙尼：“阿芙尼？为什么你要这么做？如果……”

“我……我……我只是想帮你。”阿芙尼呜咽着说，“我以为……”

达曼两只手抱住头：“他的脊椎受伤了，阿芙尼。你知道这意味着什么吗？你怎么能这么做？你真的……”

“因为她！”阿芙尼指着莎瑞雅丝尖叫。

莎瑞雅丝笑笑。“好吧，我想你们需要解决彼此之间的问题。”她迎着达曼的视线说，“我建议你和她分手，宝贝。她骂我恐怖、诡异还有精神病，不是吗？但现在她又算什么？而且，她确实欺骗了你。”

“我没有！”

“你当然有，亲爱的。她骗了你，宝贝。”

“我没有！”

“怎么骗的？”达曼问，他仍没从刚刚听到的事情里回过神来。

“你记得是谁让你在故事大纲里插入阿芙尼这个角色的吗？”莎瑞雅丝问，“你把大纲第一个发给了谁？”

达曼看向阿芙尼。

“问问阿芙尼，她有没有把大纲发给贾扬提，问她是不是贾扬提建议加入阿芙尼这个角色的。贾扬提出了这个主意，然后她又把这个主意告诉你。问她，她有没有把大纲发给她？”莎瑞雅丝说。

“你发了吗？”达曼问。

阿芙尼点点头。

莎瑞雅丝继续道：“那天阿芙尼和贾扬提都迟到了，不是吗？唯一的理由就是她们在一起决定怎样骗你删掉我的角色，然后把她的角色插进去。她们串通起来对付你。现在你知道是怎么回事了吧？”

“我只是想帮你得到合约……”

“闭嘴，阿芙尼，结束了。”莎瑞雅丝不满地说。她看向达曼，“自从提出新合约以后，阿芙尼就背着你和贾扬提见面。老实说，看见她的名字出现在贾扬提的手机里，我很惊喜。”

“是贾扬提打电话给我的！”阿芙尼反驳说，但她的声音淹没在呜咽声中。

“你是怎样拿到贾扬提的手机的？”达曼问。

“啊，宝贝，真高兴我仍能令你惊奇。”

达曼发觉自己喘不上气来。

莎瑞雅丝继续说：“阿芙尼，我说的有什么不对吗？”

阿芙尼一个字也说不出。*我这么做是为我们好，我希望你得到合约。*

“我会留你们单独解决问题。我希望你做出正确的选择，宝贝。我本来可以早点儿告诉你，但我想让你看看她有多么狡诈。我爱你，永远记住这点。”莎瑞雅丝说，然后拿起包走了。

一小时后，达曼告诉阿芙尼，他们最好分开一段时间。

35

“不说清楚谁也不许出房间的门。”苏米特两手叉着腰说，“看看你们俩，离了对方看上去糟透了。”

一个小时了，阿芙尼和达曼面对面坐在苏米特的客厅里，谁也没开口说一个字。达曼忍着不去看阿芙尼，她像个死人：眼睛通红，挂着深深的黑眼圈；扎成马尾的头发衬着苍白的皮肤和突出的颧骨。她的手腕和手臂看上去细得吓人。

他寻思着自己看起来是否要好一点。最近几个星期，他根本睡不好觉，噩梦和恶心卷土重来。床又开始湿了。只不过，这次他有时候会看见车里的莎瑞雅丝变成了阿芙尼，她哭着露出悲伤的笑容，然后死去。医生加大了他的抗焦虑药的剂量，但这只能保证每天让他睡上几个小时，其他时间他则会不停地走来走去。

这段时间，达曼躲过了苏米特不少愤怒的电话，但今天他威胁说要把他住了三天院的事告诉他父母。女用人拿来了饼干和加了糖的茶。苏米特独自租住在一套两居室的房子里，每个房间里都装了空调，还有一名全职女用人照顾他的生活。

“车什么时候送来？”达曼问。*我本该拥有这一切*，他想。

“三周后。”苏米特回答，“我们能谈谈正事吗？”

“我还有工作要做，我得走了。”达曼说，“我感激你的努力，伙计，但这是浪费时间，不会有什么结果。”

“你哪儿都不许去。”苏米特大声说，“坐下！你们俩需要谈谈。你们不能就这样什么都不管了。”

“让他走吧。”阿芙尼说。

“阿芙尼……”

她打断他说：“他有权做任何事。我不怪他。”

“你的所作所为只是要保护他。他必须明白这点。”苏米特反驳说。

达曼提高了嗓门：“我只知道她背着我和我最痛恨的人勾结在一起。还有，我们还是少提卡西克为妙。”他转向阿芙尼，她缩了缩身体。

“我昨天去医院看了卡西克。你知道吗？我并不为他感到难过。我想这个蠢货活该，他这几个月里肯定写不完一本书。但你知道我还想些什么吗？如果他死了怎么办？”

“只是一小段阶梯……”阿芙尼喃喃地说。

“但他还是骨折了躺在医院里。如果他死了，你会告诉我吗？如果莎瑞雅丝不说，你会告诉我吗？”达曼沉着脸问，“有人可能因为我死掉，阿芙尼！因为车祸，我害死了两条人命，你差点儿又加了一条。你……”

苏米特插嘴说：“达曼，车祸不是你的责任。”苏米特把手覆在阿芙尼手上阻止她回话。

“别乱猜了。她的确是不顾一切，但她是为了你。如果你告诉我你跟这个莎瑞雅丝的事，她也许就不会这么做。我以为她只是一个麻烦的跟踪狂，还有你为什么不跟我说焦虑发作的事？”

达曼嗤笑一声：“好吧，你现在知道莎瑞雅丝的事了，伙计，你想怎么解决？你能做什么呢？凭什么莎瑞雅丝做过的事就那么不可原谅呢？阿芙尼做得过分多了！”

“你不能拿她和阿芙尼比。这……”

“为什么不能？”他问，“如果我必须在两个神经错乱的女孩里选一个，我宁愿选那个对我忠贞不渝了三年的，她……”

“忠贞不渝？她已经结婚了！你明白吗？我告诉过你不要和那女孩进行任何对话，结果你还是做了。”苏米特驳斥说，“她疯了，她很危险。”

达曼翻了个白眼。“也许这是你的错，伙计。要不是你伪造她的邮箱，这一切都不会发生。”达曼抱怨说，“事实上，如果那时候我和她谈的话，谁知道后来还会不会遇见阿芙尼呢？”

苏米特沉着脸：“她来道歉，你就是这么对她的？你脑子进水了吗？是谁陪着你度过那些艰难时光的？”

“她做过的事不可原谅。”达曼咆哮着。

最终，阿芙尼抬头迎上达曼的视线：“你打算和莎瑞雅丝交往？”

“为什么不？她能让一切回到正轨。我知道她永远不会背叛我。”

苏米特惊骇地看着达曼。

“你到底……”

阿芙尼从旁边的桌子上拿过电脑包站起来。“祝你好运。”她勉强微笑着说。

“你哪儿都不许去。”苏米特说，“这个混蛋必须搞清楚——”

“他已经下定决心了。就这样吧。如果这就是他的幸福所在，那我祝他好运。我有什么资格阻止他呢？”

苏米特拦住阿芙尼：“什么？什么幸福？你们俩到底怎么了？”

“我该走了。”阿芙尼说，轻轻推开苏米特。

苏米特劝说达曼拦下她，对她说点儿什么，但达曼一动不动地坐在那儿，只顾着玩手机。阿芙尼一句话也没说就走了。

“你犯了一个巨大的错误。”苏米特叫道，“把那女孩的手机号给我。”

苏米特走向桌子，伸手去拿达曼的手机，达曼抢在他之前把手机拿走了。苏米特礼貌地重新问了他一次。达曼站起来说，他得走了。苏米特挡住达曼去拿他手里的手机。达曼拒绝了。苏米特试图去抢，达曼抵抗了一会儿，警告苏米特离远点儿。他不听，达曼猛地挥拳打向苏米特的脸，正中他的下巴。苏米特摇摇晃晃地退后几步，但并没有让开。

“我不想打你。”达曼警告说。

他朝达曼扑过来。达曼抓住他的肩膀，膝盖狠狠撞向苏米特的胸腔。苏米特缩成一团倒在地上，捂着胸翻滚。他想要站起来，但刚直起上半身，达曼的膝盖就再度撞向他的胸腔。

“我不会让你毁掉我唯一的机会。”达曼说，随即跨过苏米特离开了。

36

“下一个路口右转。”阿芙尼给出租车司机指路。

自她和达曼发现他的车在公寓停车场被烧毁，已经过去了一个月。阿芙尼和达曼最后一次交谈还是三周前在苏米特的公寓里。他至今没有联系她，甚至没有发过一条问好的短信。*去他的，我不需要他！*

过去几周里，她过得很消沉，脑海里闪过许多想法，其中最先想到的要么是“杀了那个莎瑞雅丝”要么是“杀了自己”，她很快就意识到虽然这两个想法都很幼稚，但她有能力做到。*我差点儿就杀人了。*这样的情绪如影相随。她感觉她的生活正在逐渐失控：她正在变成那种没骨气的软弱的人——这种人在经历过一段失败的感情后，就开始无意识地毁掉自己的生活。

*他是我的初恋。*自怨自艾正在慢慢消耗她的生命。她已经被

痛苦吞没了。

“对，就停在左边。等我十五分钟。”阿芙尼说，“我把包留在这里。”

她下车直接向卡西克的病房走去。穿着红色短裙的她，看上去与医院格格不入。几个人朝她看过来，前台的护士在阿芙尼经过的时候朝她笑笑。*她不知道我做过什么。*过去几周里，她经常来医院，在卡西克的病房外徘徊，希望能看他一眼。大多数时候，他因为吗啡的效力很快就睡着了，但今天他旁边坐了一个女孩。她立刻认出来这是卡西克的女朋友凡尼卡，他的好几本书都以她为主角。他们彼此握着手，卡西克笑得非常开心。

这样的场景并没有让她感觉轻松，她反而更加内疚。*他可能会死。我差点杀了他。*她一边擦眼泪一边离开病房。*事情怎么会变成这样？我什么时候爱达曼爱到打算为他失去一切的程度了？*她到那个称她是卡西克最贴心的粉丝的护士那儿问了他的病情，随后回到出租车上，赶去赴一个约会。

三周前，达曼在社交媒体上屏蔽了她，于是她请了病假开始跟踪他——她也不知道该怎么摆脱这一切。

她会穿上工作服，开车到达曼公寓楼的外面，然后一整天坐在车里，饿了吃薄饼，渴了喝水和健怡可乐。只要他一出门，她就开车跟着他。每天回到家，她的背都疼得要死，肠胃也很难受，她反复质问自己，咒骂自己，但第二天又重复着这一切。

刚开始的几天，她什么也没发现。他整天待在公寓里，只在晚上下楼散会儿步。有时候，他上午会去英国委员会图书馆待上一小时。每到这种时候，她都为他难过，想要从车里冲出去拥抱他。她甚至觉得她还有那么一点儿希望，但当她发现达曼几乎每隔一天就和莎瑞雅丝见面的时候，她的希望全都破灭了。

他们会去她和达曼以前经常去的地方，同样的咖啡馆、同样的酒吧和同样的电影院。他甚至还特意刮了脸。他们手牵着手，欢声笑语，非常快乐。这让她的心碎了一地。这样过了五天，她终于受不了了。*现在我成了莎瑞雅丝，躲在一边偷看。我成了跟踪狂。*

但到此为止了——包括那些眼泪、沮丧和自责。她不该是这样的，她要忘记过去开启新生活。她不会再为他哭泣。所有的气愤、怒火和绝望已经渐渐消失，只留下令人痛苦的无边空虚。今晚她要填补这个空虚，就算失败了，起码也是小小的报复。她值得拥有更好的人。*我不爱他了。*

她准备去见一个工作上的朋友，他叫卡伦。她不知道卡伦是真心喜欢她，还是有别的想法，但如果是后者的话，他真的在这上面花了很长时间。几个月来，卡伦总是和她一起喝咖啡休息，吃完午饭后给她口香糖，次次都借给她手机充电器，以至于她都不用自己带充电器了。

他的工作台也变了，从房间远远的角落挪到了现在的距她两个位置的地方。他借过阿芙尼两个订书机和无数支笔，虽然阿芙尼把它们都搞丢了，可他没抱怨一句。过去几周里，他帮着复核阿芙尼发给上级的演示邮件，帮她改正里面的错误。上周，她跟卡伦说他们应该找个晚上出去喝一杯，他非常绅士地提议去喝咖啡，而不是喝酒。但她想大醉一场。

卡伦穿着深色的长裤和白色的衬衫，看上去比工作时要年轻。他们拥抱了一下，然后卡伦为她拉开椅子。*这个人才配得上我。*

“你想喝点儿什么吗？”卡伦问。

“当然，我们不就是因为这个才来的吗？”她说。

她毫不浪费时间地开始灌酒，而卡伦则使尽浑身解数来打动她。他非常风趣、充满魅力，而且文质彬彬。如果她集中注意力的话，这会是一次不错的约会，可他说的大部分内容她都没听进去，不过她发现对方真的很英俊，很有吸引力。

“我跟你说过他是个大混蛋了吧？”阿芙尼含糊地说。

“说了十回了，这是第十一回。”他说，“你确定你要喝成这样吗？你已经喝得太多了。”

“当然！我的酒量很好，他的酒量才差。”阿芙尼咯咯笑道，“你知道他喝醉酒出了车祸的事吗？”

“你跟我说过。”

“他其实没喝多少。这太蠢了。考虑到这一点，你认为他真的要和我分手吗？”她问。

“我不认为！”

“别，告诉我吧？你是怎么想的？坦白地告诉我？你的真实想法？全世界都想知道！你……”

“你喝醉了。”

“我没醉，我好得很。你知道谁不好吗？你知道吗？”阿芙尼慢吞吞地说。

“让我猜猜？达曼？”

“你真聪明！我就知道你很聪明。我早该和你谈对象。我还会和你约会。我母亲也肯定会非常喜欢你。你知道，你才是适合我的类型。我们开始交往，好吗？我们今晚先接吻，把关系定下来？你可能觉得我是在回报你，可不是这样的。好吗？我保证，”阿芙尼把手放在胸口上说，“我保证。”

“你在为难自己。我该送你回家了。”卡伦坚持说。他挥手叫来服务员结账。

“你想摆脱我？是吗？为什么每个人都想摆脱我？”

“我在保护你，免得你明天尴尬。我在优步上叫了一辆车，我会送你回家。你觉得你这样还能回去吗？”他问。

“当然，我父母接受了达曼。毫无未来的底层作家，他们为什么不会接受我喝醉了呢？真是愚蠢的问题！我在重新考虑和你谈恋爱的决定。谈还是不谈？”她边说边在椅子里动来动去，“谈还是不谈？”

卡伦付钱的时候，阿芙尼说：“达曼永远也付不起这些。”她压低嗓门，喃喃低语，“哈，他破产了，不要跟别人说。不过莎瑞雅丝会帮他回到正轨。”

“没错。”卡伦站起来说，“你需要帮忙吗？”

“不要！”阿芙尼抗议说。她刚站起来就倒了下去，幸好有卡伦扶着她。这时，全餐厅的人都在看他们。阿芙尼竖起中指骂了几句。她两只手抱住卡伦，凑上去吻他的嘴唇，卡伦躲开了，但阿芙尼不依不饶，搂着他的脖子不放。卡伦往后缩，但这次阿芙尼在他脖子上咬了一口。

卡伦推开了她。“你不爱我吗？”她问。

卡伦没有回答。他紧紧抱住她，带她走出餐厅。即使这样，她仍胡乱挥着双手，不断喊着：“我爱你！我爱你！我爱你！”

37

阿芙尼让出租车司机停在离办公室稍远一点儿的地方。司机说已经到地方了，她是不是应该准备付账。

“给我两分钟？”她看着办公楼说。她深呼吸了几次，拿出手机在谷歌搜索栏里输入关键词，页面上迅速跳出蓝色字体的推荐新闻。过去几天，她一直在不停地使用这些关键词进行搜索：

餐厅里的醉酒印度女孩

搞笑的醉酒女孩

餐厅里搞笑的醉酒女孩

醉酒女孩求婚被拒

醉酒女孩的德里之吻

不少链接都配上了她的缩略图。餐厅里围观的人群拍了她的视频，有人用编辑软件将视频剪辑在一起上传到了网上，视频在社交媒体网站上疯狂传播。一切只是为了取笑而已。她多年来一直是好公民、好学生、好雇员、好女儿和好女友，而他们用一个视频就把她变成了无趣乏味的“网红”。

她以侵犯隐私的理由投诉过后，网上撤掉了视频，但播放量已经超过了30万。

她付过车费，走下车深吸了一口气，对自己说没事的，她并不是第一个因为醉酒而陷入窘境的人。如果他们笑话她，她就和他们一起笑。她大步走了进去。大家纷纷转头看她，窃笑不已，老板则一脸阴沉，一些人甚至对她指指点点。人力资源部请她到办公室去谈谈。*我会跳槽去巴克莱银行，只要过了三个月的通知期，我就会离开这里。*可即使这样，她也不想低头偷偷摸摸地离开。因此，吃完午饭后，她决定改变方法。

她直视大家的眼睛，说着关于视频的笑话。她挥动双手，在茫然的同事们面前演出了几次当时的场景。卡伦看上去比她还要尴尬，但他也很快加入了。大家再也不嘲笑她了，而是和她一起笑。

到这天下班的时候，皱眉或窃笑成了过去时，同事们或对她眨眼示意，或和她举手击掌。每次她去和一位同事说“你要和我出去吗”，笑声就会四起。

下班回家的路上，迅速解决这件事的成就感促使她给巴克莱银行的招聘专员打了电话，但对方说该职位已经招到了一名更加合适的候选者。“为什么？”她问。招聘专员说，他们发现她的行为举止不符合要求。

38

自从几天前的扭打过后，苏米特给达曼打了无数个电话，但达曼全都置之不理。苏米特只好威胁说要联系达曼的父母，他才同意见面。

“她自己造成的尴尬局面，这不关我的事。”达曼说。

“你没看见她在做什么吗？她是因为你才行为过激的，和她聊聊，至少在她不需要你之前陪陪她。”苏米特挪动椅子靠近他，“对她好点儿，为了你她什么没做过？”

“如果你想谈的就是这个，我一会儿该去见莎瑞雅丝了。”达曼说，“我不能让她等。”

“不能让她等？为什么你不能让她等？你不会是在和她交往吧？”

“为什么你觉得我不会？为什么我不可以和她交往！”

“我可以想出无数条理由，但第一条还是她已经结婚了。”

“你能别大吼大叫吗？”

“除非你和她分手。”

“我不打算这么做。”达曼站起来说，“如果你没别的话好说，我要走了。”

苏米特挥挥手：“走吧，随便你。”

“谢谢你的关心。”达曼说，然后离开了咖啡馆。

他出门就打电话叫车，当他正在对着手机嚷着给出租车司机指路的时候，苏米特不知什么时候站到了他旁边。他挂断电话。“又怎么了？”达曼问。

“起码带我到办公室吧？”

“好吧。”

他们上了出租车。达曼感觉苏米特试图再度挑起话题。他翻了个白眼。

“我没有让你和她分手，好吗？我希望你和她保持一段时间的距离。阿芙尼现在过得很难，你能体谅一点儿吗？”

“体谅？体谅一个差点儿杀了人的人吗？”

“她只是推了他一下。”

“我给你看点儿东西。”

达曼从口袋里掏出手机，点开了一个视频。他还没点开播放，苏米特就知道他会看到什么了。虽然镜头摇摇晃晃，但视频非常清晰。他很快看到了阿芙尼。她看着前方，急匆匆地跟在一个人后面。镜头转向正在打电话的卡西克，他正在跨上通往地铁站的阶梯。镜头切回到阿芙尼，她紧张地理了理头发，从人群里挤到离卡西克更近的地方。

一会儿，她挤到卡西克身后，跟着他到了阶梯顶部。然后，阿芙尼轻轻一推，他滚下了阶梯。镜头聚焦在阿芙尼空白的表情上，随后又移至滚下阶梯的卡西克和让开的人群上。*停下*，苏米特想。视频结束了播放。

“瞧，轻轻一推。”苏米特集中注意力说，“她没想到会这样，她以为有人会中途阻止他摔下来。她只不过想要让他受一点儿小伤。”

“你没想明白我为什么给你看这个吗？”

“什么？”

“你以为这视频是谁发给我的？”

“莎瑞雅丝。”苏米特喃喃地说。

“你觉得如果我甩了她回到阿芙尼身边她会怎么做？即使我想，我也不能和阿芙尼在一起了，不管是为了她好还是为了我好。”

苏米特沉默不语。

达曼继续说：“这个视频比醉酒的视频破坏力强多了。”

“可是……”

“没什么可是。我现在和莎瑞雅丝在一起，不会失去任何东西。”

“她已经结婚了。”苏米特反驳说。

“没错，可我没结婚。”

“你是在告诉我，你的所作所为都是对的吗？”苏米特说，他再度失了耐性。

“至少没错。谁知道呢，也许我将来会甩掉她。”达曼耸耸肩说。

苏米特火冒三丈，他想给达曼一巴掌。“你脑子进水了吗？那女孩疯了，她在玩弄你。你不能和她在一起。”苏米特急切地说。

“那女孩同样有我的把柄，你难道不知道吗？她有保险单和视频，还声称能拿回我的合同。”

“所以你就决定和她在一起了？达曼，你现在变成一个混蛋了吗？”

达曼沉着脸，反击说：“这关你什么事？她喜欢我，等她厌倦了就会离开我。”

“她跟踪了你三年。她需要的是医生，不是你。”苏米特愤怒地说，“听着，我只是关心你。这对你没好处，你怎么就不明白呢？我建议你出城待一段时间。随便你去哪儿，我来支付费用。告诉莎瑞雅丝这样没用，跟她道歉，让她回到她丈夫身边。也许她不会公开视频。”

“不行。”

“我不是在和你讨论，你必须按我说的做。作为你的兄弟——”

“我说不行。”达曼打断他说。

“为什么不行？她疯了！她会毁了你。好吧，看看迄今为止她都干了些什么。这个女孩很危险。”

“她正在让一切重回正轨，我目前还没法做到。而且如果我没有撞车，你没有给我一个伪造的邮箱，谁知道会发生些什么呢？”

“什么都不会发生。”苏米特吼道。

“你怎么知道？你是预言家吗？”

“我知道，因为当时我就在医院里！你快死的时候我就在医院里。我也看见莎瑞雅丝了！”

“所以呢？”

苏米特犹豫了一下：“她不是莎瑞雅丝。”

“什么？”

“她在车祸里身亡了，达曼。真正的莎瑞雅丝那天晚上已经死了。”

39

路上的车不多。莎瑞雅丝在说她的初恋男友。虽然我刚刚认识她，但嫉妒感仿佛直刺心脏。她从我的脸上看出了端倪，于是握住我的手。她说我很讨人喜欢，我回了她一个微笑。她看上去美极了，我很难一直看着路。我真希望是她在开车。她问及我的女友，我跟她说了安娜雅背着我乱搞的事。

我本该和朋友们会合的，但我一直在兜圈子。她发现了，但没有反对。若让我斗胆猜一猜的话，对此她甚至持鼓励的态度。酒瓶在她脚边的袋子里叮当作响。她作势去拿酒，冲我眨眨眼。我摇头，但她坚持己见，我无法拒绝。她拿出两瓶啤酒，但我俩谁也没办法用牙齿打开瓶盖，于是她把啤酒放回去，拿了一瓶伏特加出来。她旋开瓶盖，对着嘴喝了一大口。我摇摇头，说我得开车，但她听不进去，皱着鼻子一再请求。

“求你了，”她说，“不要扫兴。”她把酒瓶堵到我嘴上，我躲开了。伏特加溅在我的衬衫上。“这不公平！”她大喊。“好吧。”我说。她再次把酒瓶堵到我嘴上。酒很苦。我大口吞下喉咙，还有一点儿溢了出来。酒顺着食管流到我的胃里，然后冲向我的大脑。我努力保持清醒。她握着我的手，温暖的感觉包围了我的全身。

我看着她，随后重新看向前面的路。我猛踩刹车，汽车发出一声刺耳的尖叫。我们前方的出租车也踩了刹车。但太迟了。我向左打方向盘，撞上一辆车，我满心恐慌地向右打方向盘……莎瑞雅丝被狠狠甩向一边，她正在系安全带。汽车冲向防护栏。

我倒抽一口气。我可以踩刹车，但会迎头撞上出租车。我看见了出租车司机，他的眼里满是死亡的气息。车里没有乘客。我加大转向力度，想要避开出租车。我踩住刹车，汽车撞上护栏翻滚起来。我看向莎瑞雅丝。我被吊在座位上，她头朝下摔在汽车顶上，脖子断裂的可怕声音敲击着我的耳膜。她在呻吟。汽车继续翻滚，把她甩向车窗。玻璃碎片从她的脸上戳出来。她在流血。她的眼睛毫无生气地看着我，两只手无力地垂着。

她死了。不久，她被甩出了车厢。汽车停了一会儿。我被困在座位上，但能清楚地看见她，她的脸、头发、碎裂的身体和死气沉沉的眼睛，我全都看得见。起火了，火焰吞噬了她的身体。我发出尖叫。她的头发烧焦了，她的皮肤变得焦黑。我想吐。我能闻到她皮肤烧焦的味道，我能看到她的眼睛在眼窝里熔化，美丽的眼睛……还有嘴唇。我现在能看到她的牙齿。我昏倒了。

达曼惊醒了，汗水湿透床单。他号啕大哭，但嘴里只能发出无声的尖叫。住院七天以来，他多数时间都被束缚在病床上，喉咙因为大喊大叫已经发不出声音了。他精神崩溃，高烧不止。他全身哆嗦颤抖，两名护工冲进来，互相喊着指示对方。达曼挥手打向一名护工的脸，在他再次动手之前，另一名护工把他按倒在病床上，用膝盖压着他的肩膀。

受伤的护工在缓过气后绑住达曼的双手。达曼愤怒地挣扎扭动，他弓起背，踢动着双腿想要挣脱。不久，医生和护士来给他打镇静剂。“莎瑞雅丝死了，我害死了她。”他喃喃地说，随即闭上眼睛陷入沉睡。

达曼的父母坐在病房外，父亲在轻声抽泣，母亲在一旁轻轻地抚摸着他的背。医生从病房里冲出来，让他父母跟着他到办公室去。他们的动作非常轻。苏米特和阿芙尼面对面坐在医院的咖啡厅里。阿芙尼想哭，但看见苏米特担惊受怕的模样还是忍住了。苏米特已经三天没合眼了。

“为什么之前你不告诉我？”阿芙尼问。

“只有我和他家里人知道。我不能冒险。当然，如果你们准备结婚，我或者他家里人都会告诉你，但是……”

“我懂你的感受。”阿芙尼叹口气说，“如果莎瑞雅丝在一年前的车祸里身亡了，那这个女孩是谁？”

“一个跟踪狂。我早就告诉过你和达曼，但你俩竟然都相信她那一套。我不知道怎样取得你的信任，等我做到的时候……”

“这不是你的错。你不知道他会……复发。”阿芙尼说，“医生怎么说？”

“现在下结论还太早，情况比上次严重多了。我们联系了早先治疗他的医生，医生一两天内就会到。从他现在的表现来看，这次是完全复发。”

阿芙尼点点头：“上次他们是怎么治疗的？”

苏米特靠在椅子上，长出一口气。他解释说：“当时的情况比较棘手。首先，他必须重新学会做动作。他的精神和身体全都一团糟，甚至忘记了怎样拿勺子。医生专注于这些动作，让他在身体层面恢复了能力。很久之后，他才开始做噩梦，梦见车祸和莎瑞雅丝。很长一段时间里，他都没提及莎瑞雅丝。除了名字，他根本不记得她，也不记得他们一起开车上路。”苏米特说。

服务员拿来了他们的三明治。

苏米特继续说：“我们第一次告诉他莎瑞雅丝的死讯时，他的表现和现在一样——痉挛、行为过激、发高烧……和你刚刚看见的症状一模一样。时不时就会发脾气，表现得很奇怪，之后会安静地坐上几个小时，但又会突然发作，乱踢乱打。我们经常发现他会缩在房间的角落里大喊大叫。有一次，我们发现他去了房顶的边缘。”

苏米特叹口气继续说道：“当时，我们觉得已经失去他了。”

“最后他们是怎么治好他的？”阿芙尼问。

“精神疗法加上药物。他对治疗反应良好，但每当我们觉得他可以回家的时候，噩梦和压力就会引发某些新的问题，然后一切又会回到原点。他每天待在病房里询问莎瑞雅丝的消息，问她在哪儿，她好不好。每次有人告诉他或他想起来她死了，他的情况就会恶化。他会重新开始恢复，他会昏厥，会问同一个问题——莎瑞雅丝在哪儿？他似乎想要一个答案，但不是我们给他的或是他在有限的记忆中找到的答案。他的大脑不断否认莎瑞雅丝死亡的现实，他的身体拒绝承担某种程度上造成她死亡的责任。后来，医生发现他对莎瑞雅丝死亡的内疚感同他的病情发作有很大的关联：是大脑的应对机制产生的结果。医生在发现，他的大脑拒绝承担导致莎瑞雅丝死亡的责任后，就想方设法让他接受了这一点。”苏米特说。

“然后呢？”

“他的病情还是一直反复，直到医生发现了一个突破口。他尝试了一种叫作‘提取诱发性遗忘’的实验性疗法。”苏米特说。

“这是什么疗法？”

“就是创造虚假的记忆。患有心因性遗忘症的人会因为经历的痛苦而封闭记忆，如果你一直对他重复一个谎言，他慢慢就会相信。因此医生开始对达曼说谎。每次达曼问莎瑞雅丝在哪儿的时候，医生就会对他说谎，然后要求我们证实这个谎言。疗法起作用了。他的梦境逐渐开始改变，很多次，她在他的梦里没有死。”苏米特说。

“你们谎称达曼没有开车？而且莎瑞雅丝在车祸里活了下来，然后出国了？”阿芙尼猜测说。

苏米特点点头。“它起作用了，简直像做梦一样。”他说，“几周内，原来的达曼似乎就回来了。当然，他一直追问我有关莎瑞雅丝的事，我全都撒谎了。我们让他相信，我们谁也不喜欢莎瑞雅丝，因为是她开的车，而且差点儿害死他。我们让他听到谎言的次数越多，他就越相信它们。我不该……”

阿芙尼把椅子挪近苏米特，拉住他的手。她说：“这不是你的错。你只是关心他。”她停顿了下，紧张地问：“现在医生会怎么做？”

“他们会抹除我说的话。我们告诉他莎瑞雅丝两年前死于车祸，结果导致他的突然发作和做噩梦。现在医生会告诉他相反的事实，然后抹除这件事。”苏米特说。

“但是，这次莎瑞雅丝随时会出现。”阿芙尼喃喃地说，“一旦他相信莎瑞雅丝还活着，就会认为她们是同一个人。他会飞奔到她身边，不是吗？”

“很有可能。”

“他记起果阿邦之行了吗？他可能会回想起真正的莎瑞雅丝的脸吗？如果他能想起来，他就会知道这个莎瑞雅丝是冒牌货。”

“没可能。他记不起来，那些记忆永远丢失了。”

40

阿芙尼叫了一辆出租车回办公室。过去三天，她大部分时间都待在医院里。“你待在这里也无济于事。”苏米特说。他自己也请假了，并向她道别。

坐在出租车后座上，她拿出便签本胡乱写起来。她写了莎瑞雅丝的名字，包括丧生于车祸的莎瑞雅丝和苏米特称之为跟踪狂的莎瑞雅丝，然后琢磨两者之间的联系。如果相信后者是跟踪狂的话，三年前她就应该露面了，比达曼那天遇见的在车祸中丧生的莎瑞雅丝要早整整一年。而且，她还证明过自己和达曼同时出现在果阿邦。阿芙尼闭上眼揉着太阳穴。

手机响了，是卡伦从办公室打来的。他们今天要在一个演示会上合作，而此前她已经迟到好几次了。昨天，卡伦直言说她工作很懈怠。她没有反击，因为他说得对。自打巴克莱银行的职位泡汤以后，她一直非常消沉：上班迟到早退，没事就盯着电脑。虽然大家不再谈论疯狂传播的视频，但这仍给她留下了污点。

她想要逃脱，可她发出去的求职简历全都石沉大海。盯着眼前字迹潦草的便签本，她心想——自己遇到的这一切都是因为这个跟踪狂——莎瑞雅丝。

汽车停住了。

“为什么停车？”阿芙尼问。

“还有人也预订了出租车。”司机说，“你订的是拼车出租。”

“我们能直接走吗？我会付额外的费用。”

“女士，这违反公司的规定。”司机说。

阿芙尼叹口气。几分钟过去了，订车的人还没出现。“你打算在这儿等一整天吗？”阿芙尼问。

“再等几分钟，女士。”他说。

他话音未落，车门就被拉开了，一个女孩坐到了阿芙尼旁边。

“嗨。”莎瑞雅丝微笑着对阿芙尼说。

阿芙尼往后退：“你怎么在这儿？”她紧张地从包里摸出两百块卢比，把它们抛到驾驶座旁边。“我要下车。”她说，随后打开车门，莎瑞雅丝抓住了她的手。阿芙尼一脸厌恶，但莎瑞雅丝抓得很紧。“放开我。”阿芙尼说。

“我们需要谈谈。”

“没必要！”阿芙尼反驳说。

“我知道你发现莎瑞雅丝已经死了。”莎瑞雅丝说，“我们需要谈谈达曼，这对我们俩都好。”

阿芙尼挣脱她下车走开。出租车跟在后面。

“滚开！”阿芙尼朝着车叫道，可车仍然跟着她。她大步走过去说：“你想干什么！你已经得到一切了！现在给我滚开！”

出租车仍旧跟着。

“我想谈谈。”莎瑞雅丝说。

她打开门，对阿芙尼说：“为了达曼，来吧。”

阿芙尼抗拒了一会儿，然后上了车。*我要杀了她，这是我唯一要做的事情。别哭！别哭！*

“他怎么样？”莎瑞雅丝问，递给阿芙尼一盒纸巾。阿芙尼不屑地挥开了。

“我想去看他，可苏米特像猎犬一样守着他。”

“他防的就是你。”阿芙尼厉声说。

莎瑞雅丝得意地笑笑：“我要说的正相反。他需要我，他需要莎瑞雅丝。”

“你根本不是莎瑞雅丝！”阿芙尼咆哮说，两只手紧握成拳。

莎瑞雅丝咯咯笑着说：“我当然是莎瑞雅丝。虽然我不是在车祸里死掉的那个莎瑞雅丝，但我是莎瑞雅丝，是他一直爱着的女孩，他每次醒过来都会来找我。”

“你是骗子！你什么也不是。你假装自己是莎瑞雅丝，但你不是她。他写书和网文的时候想着的不是你，他想着的女孩已经死了。你对他来说什么都不是。”阿芙尼气冲冲地说。

“你还有脸说，你不过和他在一起一年，我和他在一起三年了。”她举起手伸出三根手指，“我等了一年才和他说上话！不像你，一见到他就开始交谈。我为他做的难道比不上你在几个月里为他做的吗！”

“你想跟我说的就是这个吗？”

“我不想发脾气的。”莎瑞雅丝轻声说，“抱歉。事实上，我有个提议。”

“你认为我会接受吗？你卑鄙、邪恶，你只会破坏别人的生活。”

“我没有破坏谁的生活。我只是想要爱情，而我现在已经得到了。要不是苏米特画蛇添足地把莎瑞雅丝的死讯告诉达曼，他根本不会住院。”莎瑞雅丝说，“但他会好起来的。他会发现莎瑞雅丝死去的真相，但医生会骗他相信莎瑞雅丝还活着——这是唯一对他有效的治疗方法。提取诱发性遗忘？我猜是这个名字。当他开始相信莎瑞雅丝死里逃生了，他就会记起我——他的毕生所爱，跟踪他的守护者。他会想起一切，然后回到我的身边。”

阿芙尼问了一个她一直想问的问题：“如果那天晚上和他在车

里的不是你，那是谁呢？”

“莎瑞雅丝。”她回答。

“我知道，但是……”

“那女孩的名字叫莎瑞雅丝。”莎瑞雅丝说，她轻声地笑。

“这样说她的名字很奇怪。总之，她想要他离开我，结果呢，可怜的女孩！最后她死了，碎成一堆，烧成焦炭。”莎瑞雅丝看向阿芙尼，“哦，你看上去很疑惑。太可爱了。”她笑出声。

“你那天在咖啡馆里听到的都是真事。我爱上了他，偷看他的邮件，监视了他几乎一年。我知道他要去果阿邦。我也精心规划了我的旅程。我打算带给他一段他希望的并且充满幻想的爱情故事。我预订了同样的酒店。一切都进行得很顺利，直到她走了进来……”她的声音渐渐减弱。

“然后呢？”

“……莎瑞雅丝，那个和我同名的女孩走了进来。”莎瑞雅丝说，“因为名字一样，酒店里的蠢货搞错了我们的房间。她住到了达曼房间的正对面，而我却住到了另一层楼。不知不觉间，他们就开始交谈了。该死的！他们说话的时候，我还在争取我的房间！我等了一年，结果她……就在我眼皮底下和他搭话。你相信吗？他们欢声笑语，仿佛早就是朋友似的。我想要勒死那个女孩，然后告诉达曼，他在这里遇见的人应该是我，而不是另外一个来自班加罗尔的莎瑞雅丝。我崩溃了。”

“阿芙尼，你知道吗？在接下来的三天里，我眼睁睁地看着那个莎瑞雅丝不知羞耻地和达曼调情！而达曼却大胆而无耻地回应她！他们每天一起出去，就在我的眼皮底下。我待在那儿……我为他做了那么多，结果呢，他和另一个莎瑞雅丝在一起了！”她抓着阿芙尼的手越收越紧，“你说？这公平吗？他不是应该和我在一起吗？他应该和我在一起！但他和她在一起！总是和她在一起！”她放开阿芙尼的手，盯着自己的手指。

“车祸让我非常害怕。但她死了。”她盯着阿芙尼，“她活该，这是命。”

“你希望她死吗？”阿芙尼问。

“当然！但是车祸……”她叹息，然后深吸一口气继续道，“我以为他永远不会苏醒，所以我结婚了。我以为我会忘记他，但我没有。我一直想着他，一直为他祈祷，过了几个月他醒了。他满身创伤，精神崩溃，但他活下来了。”她露出一个笑容。

“然后他想起了她，那个莎瑞雅丝。”

*她疯了。下车，离她越远越好。*阿芙尼说：“但你说你就是网文里的那个人。你和她做了同样的事。你说你是人物原型，所以对他在书里没有好好描写你而怒火中烧。可你不是人物原型。他根本不认识你。”

“没错，我不是人物原型！但我成了她！我变成了网文里的女孩。她就是我，我就是她！我们之间没什么不同！我变成了他爱的莎瑞雅丝，我变成了他描写的女孩，我变成了网文里的角色。我像她一样说话、打扮，还留了长头发。我做了他写出来的一切。我变成了他可能会爱上的那个——他笔下描写的人……结果他却背叛我！

“我等了那么长时间才等到这本书。我想象过书的出版……想象过读者问达曼女主角的原型是谁，然后我会慢慢地、稳稳地在他面前揭开自己的面纱。他会发现我和莎瑞雅丝一模一样——他最终会发现我，他会哭着爱我，他会拥抱我，然后向全世界公开我的身份。可是他写的这堆垃圾，这是对我为他所做的一切的嘲弄！我受够了。我必须要让一切回到正轨。如果他又写了一本这样的满是垃圾的书，我该怎么办？我为他做过的一切就全都白费了。他自以为爱着的莎瑞雅丝已经死了，但他对她的爱可以通过我留存下来。他可以爱我。”

“你需要帮助。你疯了。”阿芙尼说。

“因为我爱他吗？”

“因为你疯了。我不打算掺和，我退出。”她拍拍司机的肩膀，让他在下一个信号灯处停车。

“你仍然可以和达曼在一起。”

阿芙尼皱起眉："什么？"

"虽然我结婚了，但这不能阻止我爱达曼。我和达曼不需要形式上的婚姻来维持我们的爱情。我们讨论过这一点。"

"达曼同意了？"阿芙尼惊讶地问。莎瑞雅丝点点头。"你想让我和达曼像你和你丈夫那样维持关系？你脑子有病吗？"

"我是认真的。"

"真难以置信！你耍我！"

"我没有，我只是……"

"这里面有本质的区别。你丈夫不知道达曼，他不知道你做的事，但我知道。我知道你们在约会。"阿芙尼脱口而出。莎瑞雅丝看着阿芙尼笑。"怎么了？"阿芙尼问。

莎瑞雅丝推高衬衫的袖子。她的右手臂上有三处瘀青，肯定是有人用力抓住她的原因。她拉下袖子。

"他打你？你应该——"

莎瑞雅丝咯咯地笑，告诉阿芙尼说她太天真了。"我让他抓住我，推搡我，然后我才告诉他达曼的事。"她笑着说，"婚姻就是欺骗，阿芙尼。你知道阿卡什对我毫无忠诚可言吗？猜猜他做了什么？那简直像一部烂电影。"

"什么？"

"我知道他一直出轨。这么长时间以来，他是唯一能蒙蔽我的人。他比你们都要小心谨慎。就是这个女孩。”莎瑞雅丝轻笑着说。她翻翻手机，给阿芙尼看一个女孩的照片。莎瑞雅丝继续说：“你知道这是谁吗？她看上去眼熟吧？认不出来吗？她是我姐姐，补充一句，她也结婚了。你知道为什么我从来没在他的通话记录里找到过可疑的名字了吧？我没想过会是我姐姐的号码。”

莎瑞雅丝笑出声：“我的婚姻一直是个谎言。几天前，我当面质问他，他如我所愿地殴打了我。他骂我侵犯他的隐私！那个混蛋。他不知道我把一切都录了下来。”

莎瑞雅丝眨眨眼：“我得到视频后立刻告诉了他达曼的事。他什么也不敢做，只能像一条吓坏了的狗一样听着。”

她是个巫婆。“为什么他不和你离婚？”

“他不能，也不会。他家里人会剥掉他的皮。他可乖巧了，很怕他母亲。还有，想象一下，如果我在离婚诉讼过程中公开视频会发生什么后果。他哪里也不会去，他会乖乖当我的丈夫。当然，他也得到了很多好处。他可以在外面随心所欲，而我再也不用伺候他了。”

“但为什么你不离开他和达曼在一起呢？”阿芙尼反驳说。

“你不会理解的。”莎瑞雅丝说，“妻子和缪斯之间有一些微妙的差别。我是达曼的缪斯。他把我写下来的时候会让我不朽。妻子能得到什么呢？几年好日子，几个孩子。一点儿安全感？那有什么好处？作家是不会写他们的妻子的，他们写的是缪斯。妻子，只是为他们的生活服务的——妻子只会束缚他们的翅膀。除了你很无趣这个事实以外，你以为他为什么不写你？”

阿芙尼气急，但没有开口。

“因为你太容易得到了。他每天能见到你，每天能和你说话。即便你很有趣，过一段时间他也会感到厌倦。你会变得像听过无数遍的歌曲一样令人难以忍受。妻子的保存期限太短，缪斯却是永恒的。他会永远爱我。他无法完整地拥有我，但他会爱我，渴求我，需要我。”

“我想……”

“你可以成为他的妻子。”

阿芙尼苦闷地笑笑：“你真好，但我放弃了。司机！我在下个地铁站下车，载着这个女人离我越远越好。”

“阿芙尼？”莎瑞雅丝说，等着阿芙尼看过来。

她死死盯着阿芙尼继续道：“我不许你告诉达曼我说过的任何事，不管是我丈夫还是我对你慷慨的提议。否则，你应该知道后果吧？”

“我不怕你的威胁。”阿芙尼厉声说。

“你怕的。除非你想看见达曼重新被绑在医院的病床上，同时你自己进监狱。不要这么惊讶。我有你把卡西克推下台阶的视频，高清的。有时间我会让你看看，但我们似乎不算朋友。”

“你没有。”

“我有，达曼也看过了。它时刻提醒着他不可以和你说话。”莎瑞雅丝微微一笑。

阿芙尼气得大骂脏话。过了一会儿，她镇定下来了，说：“好吧，你赢了。我退出。但我离开前要指出一个小问题，莎瑞雅丝。”

“什么？”

“即使医生让他相信莎瑞雅丝还活着，然后他好起来，但他也会永远记得你是一个跟踪狂。你策划了果阿邦的事。他永远不会像你想的那样爱你。”阿芙尼说。

“哦，阿芙尼，你真笨！你以为这些细节能分开我和达曼吗？你根本不懂爱情，是吧？”莎瑞雅丝笑着说。

阿芙尼在下个地铁站下车了。她在离开前问了莎瑞雅丝一个问题：“那场车祸是你引起的吗？”

“不是。”莎瑞雅丝回答，“我永远不会危及他的生命。”

出租车开走了。

41

*他真帅，*莎瑞雅丝看着达曼想。

“为什么你不早点儿来看我？”达曼问。

*宝贝，我想见你。我想抱你、吻你，和你亲热。我想和你在一起，但你愚蠢的父母……*莎瑞雅丝把蛋糕推到他面前，上面用红色糖霜写着“欢迎回来”四个字。达曼出院已经三周了，前两周他一直和父母住在一起。“你以为我不想吗？你的父母讨厌我，我不想让情况恶化。”莎瑞雅丝说，忍住了眼泪。

达曼和父母住在一起的两周里，他疯狂地给她发短信和打电话，不停地说他们得见面，他有话对她说，他想念她。他在短信里用的不是朋友、敌人或是困扰的语气，而是一种被迫和所爱之人分离后的绝望语气。莎瑞雅丝把这些短信读了无数遍。她把短信截屏打印下来，在它们周围画上心形，然后把它们钉在小卧室的钉板上。她时不时就会读读它们，脸红得像新娘子一样。

“我以为你永远不会回来了。”莎瑞雅丝说。

达曼握着莎瑞雅丝的手说：“妈妈不想我搬出来，但我告诉他们我必须要把书写完，我在他们的房子里写不出来。我回来是为了见你。我再也等不及了。”达曼温柔地捏捏她的手。

他爱我！

“为什么？”莎瑞雅丝问。

“我……我只想握住你的手，想要感受你。”他说，更紧地握住她的手，“我想体会你在我身边的感觉。治疗……梦境……快把我逼疯了。”

莎瑞雅丝靠向达曼，把头枕在他肩膀上。*他闻上去有春天的气息。*“梦里我还是死了吗？”

达曼抱着莎瑞雅丝，亲吻她的额头。

“你记得你第一次发作是因为什么吗？”她问。

“我不想谈这个，我想谈谈我们的事。”他回答说。

“达曼，我只是想要谨慎点儿。我读了各种关于创伤后应激障碍的资料，某些导火索会引发恐慌发作。我不希望你再进医院。”莎瑞雅丝说。

“你真贴心，可我不记得了。我只记得苏米特在和我说话。”

“他说了什么？”莎瑞雅丝问。

“我们能切蛋糕了吗？它看上去很美味。医院的伙食让我想死。”

“等会儿。跟我说说？”

“我不记得了。我能记起来的就是苏米特，还记得一些小片段。我记得我被绑在病床上，记得妈妈的哭声和护工的叫喊声，记得苏米特抽泣的样子，还有父亲和医生吵架的场景，然后就是我坐在医生面前哭。我记得我告诉他我有多么害怕，我以为我害死了你，以为你在车祸里死掉了。我记得医生告诉我说你没死，但我仍然止不住眼泪。我知道你没死，因为我记得我们俩的事，记得你的脸……但是我认为你死了的感觉非常强烈。我迫不及待地想要见你，可是我父母……我很迷惑……你没死，因为我记得你的脸，我记得你、我和阿芙尼之间发生的事，但在梦里你死了，我能感受到你的死亡。医生一直和我说相反的话，他说你活着。我知道这是事实，因为我在车祸之后遇见了你，我记得。我记得我和医生说你的事——你是如何以一种不可思议的方式回到我的身边，你是怎样告诉我你跟踪了我一年。”

“你都告诉他了吗？”

“医生对病人有保密的义务。他不会报告你跟踪我的事。”达曼说着笑了起来。

“你还是不记得旅途的事？”

“不记得，什么都不记得。”

莎瑞雅丝露出一个微笑。

“不过你可以告诉我。”

“你变了。”莎瑞雅丝边说边擦掉泪水。*他需要我。他爱我。他渴望我。*

“我以为我失去了你。”达曼说，他移开视线，“现在我们能切蛋糕了吗？”

她点点头。*他在忍着眼泪，我的甜心男孩。他是多么爱我，我的爱人。*达曼拿刀切了一小块蛋糕让她吃掉，然后切了一大块狼吞虎咽地吃掉了。

“跟我说说果阿邦吧？”达曼舔着手指问。

接下来的半小时里，莎瑞雅丝编造了他们在果阿邦的故事，他们都去了哪些地方，他们在哪儿第一次接吻，他们在哪儿第一次喝酒……他坐在那儿全神贯注地听着，努力回忆出一个片段。

“想起什么了吗？”她问。

“一片空白，不过没关系，我可以想象。”达曼说。

这时，莎瑞雅丝看了看闹钟：“我该回去了，他一小时内到家。”

“我可以送你回家。”达曼说。接着是一阵尴尬的沉默，他小声地说：“我的意思是打车。”

“对不起，我不得不……”

“我已经原谅你了。我不在乎。”

莎瑞雅丝在她的手提包里翻来翻去，拿出一个系着缎带的信封。

“这是什么？”

“保险单，把它当成欢迎你回来的礼物吧。我说过，只要你离开阿芙尼，我就把它给你。”

“我早就和阿芙尼分手了。为什么今天才给我？”达曼问。

“我之前不太确定，但现在确定了。我希望你好好用你的钱。”

达曼说谢谢，把信封放在一边，他们手牵着手下楼，然后达曼为莎瑞雅丝叫了一辆出租车。

“我能和你一起去吗？”达曼在她上车时问。

她笑着同意了，然后钻进出租车。

“到大凯拉什。”莎瑞雅丝对司机说。

正好遇到了下班高峰的时间。由于康纳特广场在修建新的地铁，路上拥堵不堪。达曼突如其来的沉默，让这段通往莎瑞雅丝家的痛苦的漫长车程雪上加霜。

“怎么了？”莎瑞雅丝问。

“没什么。”他说。

“说嘛。”

“我说了没什么。”

“达曼，我们之间不可以有秘密。”莎瑞雅丝急切地说。

“你不能指望我送你回你丈夫身边的时候还能开心地笑。这个要求有点过分了。”

莎瑞雅丝叹口气：“我和阿卡什只是领了证，然后在婚礼上绕着火堆走了几圈而已。”

“你们睡在一张床上，待在一间屋子里，共用一个衣柜。这些都写在结婚证上了吗？”

“为什么你要这么说？”莎瑞雅丝问，“以前……”

“以前不一样！我以为你是跟踪狂，会不顾一切地毁掉我的生活，但现在我搞清楚了。我不停地问医生你在哪儿，你好不好，你有没有问起我……我问的只有这些……你不知道他们不肯告诉我你在哪儿时我是多么焦急……我总是想着你死了，我害死了你，我想要见你，让那些梦停止。有时我会觉得也许你不是真人……你完全不知道我在医院里经历了什么，莎瑞雅丝……我在梦里总是看见你死去的脸……然后我记起来你已经回到我身边，你是真的！我记得你和阿芙尼之间发生的所有事，所以我知道你没死！我想见你！我无法忍受离开你！我每天在湿透的床上念着你的名字醒来，我发现……我发现莎瑞雅丝……”

“发现什么？”

“我们注定要在一起！你所做的一切是为了让你的爱情长存。”达曼大声说。他深吸一口气，“我们应该抛开过去，重新开始。”

“达曼，我……”

“你应该和你丈夫离婚。”达曼最后总结说。

“不可以。”

“为什么不可以！你不爱他！你爱我。你千辛万苦想要得到我，现在我给你和我生活的机会。为什么你不愿意？”

“事情不像你想的那么容易。”

“我和阿芙尼分手了，不是吗？”

“没错，但你们没有结婚。我结婚了。我们的关系里还包括双方的家庭。我父母会崩溃的。”

“可是迟早……”

“宝贝，我和你同在。我和我丈夫没有共同语言，我们甚至不会上床，如果你在意这一点的话，不妨把他当成我的房东就好了。我们的爱情才刚刚开始，我可不想毁掉它，为此我已经等了三年。”

“我等了一生。”

“宝贝，你太可爱了。但我没有提起离婚诉讼的勇气。你不知道阿卡什的报复心有多强，我不想让你卷进去。而且，和他离婚然后和你结婚能改变什么呢？什么也不会改变！随时看见我会让你厌倦。我更喜欢现在的样子，偷偷溜出来看你是种乐趣。”她说。

“我不觉得有趣。不过，好吧，如果你坚持的话，我可以给你时间。”

“我会的。”

42

夜里两点，达曼把钥匙塞进公寓的锁孔里。莎瑞雅丝稳住他的手指打开门。她和达曼在夏之屋度过了快乐的一夜，他一杯接一杯地灌酒，对她说的每一件事开怀大笑。*他开心地喝醉了。*

“你确定不能留下来过夜吗？”达曼走进公寓的时候问。他两手搂着她的腰，双手在她的紧身裤边缘打转。

“我确定。”她说，“我必须马上回去，阿卡什在等我。”

“是啊，是啊，你亲爱的丈夫。”达曼嘲讽说，随即抽开手。

“我以为我们不会再谈这个了。”莎瑞雅丝说。

“好吧。”

过去几周里，达曼会在莎瑞雅丝的午休时间乘地铁到她的办公室，他们会一起吃饭，接着他就回家。有时候他甚至尝试着为她做饭，莎瑞雅丝发现她很喜欢这样。他为此专门买了一台单眼电磁炉。他第一次做饭后，莎瑞雅丝送了他一块天梭表作为谢礼。辣豆菜焦了，薄饼很难吃，但他之后做得越来越好。

“书写得怎么样了？”莎瑞雅丝问，她正好看见电脑屏幕上闪过的屏保。

“知道它永远无法出版，我很难继续写下去。”

我在努力了，但贾扬提·拉古纳特是块难啃的骨头，莎瑞雅丝想。她问：“你联系贾扬提了吗？”

“她没接过我的电话，也没回过我的短信。”

“宝贝，你会没事的，我会让一切回到正轨。我爱你。”莎瑞雅丝说，抱住他。

这时，达曼的手机亮了，屏幕上闪着阿芙尼的名字。

“你要接电话吗？”莎瑞雅丝问。

“不接。”达曼愤怒地说，他切断电话，然后关了手机。

自从达曼搬回公寓后，阿芙尼就像幽灵一样缠着达曼。她不停地给达曼打电话和发短信，求他甩掉莎瑞雅丝和她复合。就在上周，达曼让莎瑞雅丝听了阿芙尼的电话，向她展示阿芙尼如今变得多么令人讨厌。莎瑞雅丝听见阿芙尼像临死的野兽一样尖叫，像巫师一样诅咒达曼。*你死了才好*，阿芙尼在电话里尖叫。*离开莎瑞雅丝，离开她*，她大喊大叫个不停。

达曼开始还可以忍受她，但他逐渐失去了耐心。阿芙尼越界了，而且让他很困扰。她像游魂一样跟着达曼和莎瑞雅丝。达曼会收到来自未知号码的短信、没有头像的社交账号交友请求。有时候，他会发现阿芙尼就跟在不远处，就像今天。达曼和莎瑞雅丝在夏之屋的时候，阿芙尼就和两个人坐在三张桌子外盯着他们。莎瑞雅丝先看见她的，她不想毁了约会，所以转移了达曼的注意力。但过了不久，达曼也看见她了，他移开视线，仿佛她是空气一样。

“你要去打声招呼吗？”莎瑞雅丝问。“不。”达曼暴躁地回答。达曼和莎瑞雅丝注意到他们后面的桌子点了一品脱又一品脱的酒。尽管他们漠不关心，但阿芙尼的存在像变质午饭的馊味一样笼罩着他们。

“她看上去不太好。”莎瑞雅丝说。

“我没什么好内疚的，我受够她哭喊的电话和短信了。我现在甚至不觉得该为她难过，我觉得很烦。我只想让她滚开。我住在父母家的时候，她甚至半夜往家里打电话。这让我很尴尬。我要是晚点分手，天知道她会做出什么事来。该死的，她应该继续自己的生活。”

“你看起来很生气。”

“她做了太多蠢事，我再也无法忍受了。最近我听苏米特说她辞职了。该死的，我能怎么反应？”

“她辞职了？”

“是的，但她会再找个工作。她就这么把一切毁掉了，真蠢。”达曼说，“苏米特把这一切怪在你的头上，他说是视频让她丢了工作。他想让我对和你约会感到愧疚。”

“那你呢？”

“无稽之谈。疯狂传播的视频比比皆是，第二天谁都不会记得，没什么能让我对和你约会感到愧疚。阿芙尼没理由跟到夏之屋来，世界上又不是只有她失恋了。”达曼说。他在冰箱里翻了翻。

“我有伏特加，你要来点儿吗？”

“我不喝酒，记得吗？”

“是啊，忠贞妻子的假象必须持续下去！”达曼反击说，“为此我要干一杯！”

“我想……”

“抱歉，是我的错！”

达曼给自己倒了一大杯酒，刚要喝的时候门响了。他们互相看看，又一下敲门声。

“谁啊？”莎瑞雅丝低声说。

外面的人开始撞门。

“不知道。”达曼回答。

恰在此时，门外的人大声喊起来："开门！"

达曼耸耸肩。"又来了。"他说，"是阿芙尼，别管她。她叫一会儿就会走。这已经是这个星期的第三次了。业委会会长已经向我的房东投诉过一次了。别管她，她二十分钟以内就会离开了。"达曼对着门大喊："滚开！"

阿芙尼又喊起来，她的声音支离破碎，听起来像是在痛哭："开……门……"

"开门？"莎瑞雅丝说。

达曼坐靠在床上。"不开。我不想让她心存幻想。"达曼说。

他又喊了一次："滚开，阿芙尼！"

"达曼！别这样。"莎瑞雅丝说。

"为什么？她在犯法，她无权到这儿来。"

莎瑞雅丝走过去坐在达曼旁边。他们没有说话。十分钟过去了。"她走了吗？"莎瑞雅丝问。

达曼耸耸肩。这时，阿芙尼又喊起来，话语淹没在哭声里："开门。求求你。求求你……求求你……"

"达曼，去开门吧。她还在。"莎瑞雅丝说。

"该死的，不开！"达曼说。

阿芙尼又开始撞门。莎瑞雅丝从床上站起来，朝门走去。

"别——"达曼说。

莎瑞雅丝打开门看到阿芙尼倒在一摊呕吐物上。她抬头看着莎瑞雅丝说：“求你了。”

莎瑞雅丝扶着阿芙尼进了公寓。达曼翻了个白眼，他的脸因为难闻的味道皱成一团，他从她们俩身边走开了。莎瑞雅丝让阿芙尼坐在床上。

“你还好吗？”莎瑞雅丝问。

她的下巴上还沾着呕吐物。莎瑞雅丝让达曼递一张纸巾给她。达曼不情愿地照做了。莎瑞雅丝把纸巾拿给阿芙尼，说：“我应该替你叫辆出租车，你得回家。”

“我不能回去。”阿芙尼说。

“她不能待在这儿。”达曼抱怨说。

“你要喝水吗？”莎瑞雅丝问。

阿芙尼点点头。“我父母……我跟他们说我在外面过夜。我不能……不能醉醺醺地回去。”她开始抽泣。

“找家酒店。”达曼说，“我会替你订间房。把身份证给我吧？”

“我没有身份证。”阿芙尼说，“我……我丢了钱包。”

莎瑞雅丝递给她一杯水。“阿芙尼？看着我？”她轻拍阿芙尼的脸好得到她的注意，“你为什么会在夏之屋？你在跟踪我们吗？”

“她在跟踪我们！”达曼生气地说，“听着，阿芙尼，我们谈谈。你看上去能理解，起码你知道点头。你说过不会再给我发短信，可你还是发了。你不可以再打扰我。”

“做不到，我做不到……”

“你做得到。”达曼说，他靠近阿芙尼，“你必须做到，你没有别的选择。”

阿芙尼哭起来。

达曼又翻了个白眼，说：“哭泣解决不了问题。我现在和莎瑞雅丝在一起了。你必须接受，然后继续回去生活。”

“我丢了工作，达曼……我不能再失去你。”阿芙尼乞求道。

达曼举起双手：“这又不是我的责任！”

莎瑞雅丝想让达曼冷静一点儿。达曼继续说：“你很优秀，你能找到你想要的工作。”

“但我想要你！”

“没可能。”

“可是——”她伸手握住达曼的手。

达曼挣脱了。阿芙尼满脸是泪地说：“为什么你要这样对我？为什么？”

“这是你自己造成的结果，怎么能怪到我头上！是你想用辞职来博取我的同情，或者达到其他什么目的，怎么可以来怪我。”达曼高声说。

阿芙尼抽泣着说：“达曼，我到底做了什么，你要这样对我？

我只是爱你，很爱你。”

“你不能总是这样。我受够了！我要应付很多事，没空和女人纠缠不清。我要联系你父母。”他说着拿出手机。就在他准备拨号的时候，阿芙尼冲向手机。

“不要！”她喊道。阿芙尼夺过手机并将它扔了出去。

手机撞碎在墙上。达曼火冒三丈，把阿芙尼推到角落，举起手就要打她。阿芙尼往后缩了一下，他及时停了下来。阿芙尼开始更大声地抽泣。

“该死的。”他咕哝道。他走到手机掉落的地方，捡起手机看向莎瑞雅丝：“莎瑞雅丝，她必须离开。莎瑞雅丝，预订一间酒店客房和一辆出租车。”

莎瑞雅丝让阿芙尼在床上坐下来。阿芙尼因为大声抽泣而全身颤抖。“听我说？”莎瑞雅丝说，“阿芙尼，看着我。”阿芙尼还是哭。莎瑞雅丝轻拍阿芙尼的脸。阿芙尼浑身哆嗦。“看着我！”莎瑞雅丝说，“别哭了，听我说。我会送你去酒店，但你以后不许再打电话给达曼和他的父母。明白吗？”

阿芙尼不断吸鼻子。

“点点头，我会叫辆出租车。明白吗？”

阿芙尼点点头。莎瑞雅丝订了一辆出租车和一间客房。出租车到了达曼的公寓，莎瑞雅丝收拾了她的东西，然后扶着阿芙尼站起来。“你去吗？”莎瑞雅丝问达曼。

“不去，我不想和她待在一起。”他说。

“我会送她去酒店，然后打车回家。”莎瑞雅丝说。莎瑞雅丝拥抱达曼，然后亲了他。达曼注意到阿芙尼哭得更伤心了。“小心点。”他对莎瑞雅丝说。

莎瑞雅丝和阿芙尼出门的时候，达曼喊了一声阿芙尼，说：“我不想再看见你。”

阿芙尼点点头，像小孩一样跟着莎瑞雅丝走向楼梯。上了车，莎瑞雅丝厉声对阿芙尼说：“你以为你在干什么？你为什么要这样出现？”

“我需要他。”她喃喃道。

“不，该死的，你不需要！我给了你选择，可你一直骚扰他。你以为会发生点儿什么吗？你和他本来可以做朋友，可你却总是哭着摇尾乞怜。”

“我……没办法……我没办法……我以为我很坚强。”阿芙尼说，情绪又崩溃了。

“迟了。”莎瑞雅丝说，“离开他的生活，别打扰他。他需要专心写书。他需要挽回他的人生。”

“那我的人生呢？被你毁掉了！”阿芙尼大声说，“我现在还剩下什么？”

“振作起来，给自己找点儿事干。去找份工作。”

“帮帮我。”阿芙尼说。

莎瑞雅丝笑了：“我不欠你什么。”

“我和你爱上同一个人，我因此失去了一切。我不该爱上他的。”阿芙尼哭着说。

“这点我同意。”

“他说过他爱我，结果却让我撞门。我只想和他说说话，他却让我滚开。他也许不爱我了，但他今天的所作所为……”她的声音渐渐消失在抽泣里。

“我不怪……”

“如果他这样对你，你是什么感觉？”

“他不会，他爱我。”莎瑞雅丝说。

阿芙尼擦掉眼泪。她别过头看着窗外。

过了一会儿，阿芙尼说：“他也是这么对我说的。他是作家，他干的就是这个。他撒谎。”

莎瑞雅丝没有回应。

阿芙尼自言自语说：“他给我的一切都是假象。因为他，因为你，我失去了一切。我有什么错？我只是一个勇敢去爱的普通女孩。这有什么错呢？我活该吗？你们对我做的事是我活该吗？你为什么破坏我的生活？”

泪水默默流过她的脸颊。阿芙尼接下来什么也没说。

她下车走向酒店的时候，莎瑞雅丝叫住她。“阿芙尼？”

阿芙尼转过身。她说：“今天很抱歉。我不会再来了。”

“我可以帮你，但有个条件。”莎瑞雅丝说。

“……”

“你永远不许和达曼说话。”

43

达曼喊着莎瑞雅丝的名字从梦里惊醒，满头大汗，气喘吁吁。他发现莎瑞雅丝就坐在椅子上看电脑。

“做噩梦了吗？”

“迄今最恐怖的一个噩梦。我看见你被烧死了，然后我一周没睡觉。为什么我还在做梦？不管了，你什么时候来的？”达曼问，喘了一口气。

“我想你。”

莎瑞雅丝合上笔记本电脑，递给他一瓶水。

“给，喝吧。”

“我收到了你的信息，一共三十四条，它们太有爱了。”她说。

可怜的男人，莎瑞雅丝想，在他大口喝水的时候她抚摸他的头发。这是她一天中最美好的时光——下班后来到他家，看见他

正在等着她。大多数晚上，他会醒着，一见到她就很激动。他会跑过去抱着她，说他多么想她。他会订外卖，决定那天看的电视节目，甚至为她买很贵的酒。

有时候，他会一边玩弄她的头发一边给她念自己喜欢的书的段落。他会投入地规划他们共同度过的每一夜的每个细节，并确定他们每次见面的日期，仿佛要记下他们在一起的点点滴滴。

每天晚上，当她必须回到阿卡什身边当他的妻子时，他的眼里就会涌出泪水。*我的宝贝可能忘了怎样写书，但他还记得怎样爱我。*这和她对这段恋情的预期一模一样。她的男孩达曼，他迷恋她，依赖她，只要她。

“一小时前。你睡着了，我不想吵醒你。我处理了一点儿工作。”她说，手抚过他的脸。“我看见你重新开始写书了。”

“你读过了吗？”

“是的。”她努力不动声色地说。

“你喜欢吗？”

莎瑞雅丝停顿了一会儿回答说：“宝贝……我不想说谎，我想你可以写得更好。虽然写得不错但感觉不像……你的风格。你可以写得更好。我觉得你……”

“写得很差，是吗？”

“我没这样说。”

达曼笑了。“行了，莎瑞雅丝，我知道它很糟糕。谢谢你没有客气，而是直言不讳。”他说，而后失望地摇摇头，“我没办法找到感觉。每次我坐下来写作，贾扬提的话就开始在我脑海里回响。”

“你需要更加专心，宝贝。”

“我们过去对某些事是多么习以为常，不是吗？比如相信我的书会出版。可是现在……”

“对不起。你知道——”

“我知道，我知道。你只能那么做。我之前全都听说了。你想要我，我应该知道你多么爱我。我理解，我也尊重，但仍然……正如你是我的一部分，写作也是我的一部分。离了它我活不下去。”达曼说。

“但你给网站写的文章一周就有三千的阅读量。”莎瑞雅丝争论说。

“谁在乎阅读量？我不喜欢写网络文章。那不过是一些观点类文章，只要有台电脑就能写。那是……为了赚钱。”

达曼发现莎瑞雅丝的脸色变得苍白。“抱歉，莎瑞雅丝。”他把头枕在她腿上说，“我不是想让你心情不好或是感觉内疚。你是我的一切，但我忍不住会想……总之，我会努力不说这个，好吗？”

“一切会好起来的。问题最后都解决了，不是吗？”

“是的。”达曼笑着说，“嘿？你想出去吗？旁遮普新开了一家点心店……”

“我一会儿得回家。”

“你什么时候能不用回家？每次……”

“达曼。”

“好吧，我不说了。”达曼嘲讽道，“你可以回到你亲爱的丈夫身边。让我待在这里腐烂吧，让我一边想你一边写这狗屎一样的书吧。”

“你真混蛋。”莎瑞雅丝笑着说。

“没错，而且看起来我有充足的时间做一个混蛋。”他说。

“我会给你找家出版社。”

“但愿吧。”达曼说，“好了，别管这个了。你想看《权力的游戏》最新的一集吗？”

“我已经看过了。”

“这不公平！”达曼抗议说，“我想等你一起看的。”

“我不介意再看一遍。”她抱着他说，“如果你想的话，我可以和你看完之前的六季。”

他们一起观看电视剧，结束的时候已经到莎瑞雅丝回家的时间了。她给自己叫了一辆出租车。达曼又坚持要送她回去。

“你用保险金买车了吗？”莎瑞雅丝问。

“我觉得我不想再开车了，那些梦……”

“还是经常做梦吗？”

达曼点点头：“不过也有好处。我看到了坐在我旁边的你的脸。但结尾总是很可怕，你死了，我活着。”

“嗯……”

“我在想，为什么我看见的是这个？”

“也许你害怕失去我？”她说，紧张地玩着家里的钥匙。

“我怕失去你。”达曼握着她的手说，“但你知道吗？我的梦里出现了新场景。”

“是什么？”

“你记得我说过车祸是怎么发生的吧？一辆开错车道的出租车？”

“是，我记得。怎么了？”

“嗯……没什么。”达曼说，“太蠢了。”

“告诉我吧？”

“没什么。”达曼坚持说。

“达曼？我们之间没有隐瞒，特别是关于梦和车祸的事。宝贝，你知道那会影响你。告诉我你看见了什么。”莎瑞雅丝说。

“嗯，是出租车司机。”

“他怎么了？”莎瑞雅丝问。

“早先我只能远远看见他，但后来我能靠近看他了。”

“在梦里靠近他？”莎瑞雅丝假笑着问。

“你想不想听了？”达曼大声说，“所以我才不想告诉你。也许我不该说出来。”

“宝贝，我只是开个玩笑。所以你靠近了司机？你看见什么了？”

“出租车后座上有个女孩。”

“什么？”

“没错，一个女孩。一开始我没法看见她，只能看见她的手在拍司机的肩膀，要求他开得快一点儿。我不确定，这是我猜的，因为司机看上去很惊慌。”达曼说，“但慢慢地，一张脸浮现出来，一个留着黑色长发的美丽女孩。这几天，她的脸越来越清晰了。”

“她是谁？”

“嗯。”

“达曼？她是谁？”

“是你，莎瑞雅丝。你坐在司机的后面。”达曼说，转过去看着她。

“什么？荒谬！我不是就坐在你旁边吗？你不是说我死在车祸里了吗？”她问。

达曼咯咯笑道：“是的，但你也活下来了。我被绑在担架上抬走的时候，有一瞬间恢复了意识。我看见一个女孩从撞烂的出租车里出来——那是你。”

“这……这说不通。”

达曼笑了，“当然说不通，所以我不想告诉你！”

“好吧。”莎瑞雅丝喃喃道。

达曼盯着她，眼里闪着戏谑的光芒。

“可这不是很疯狂吗？如果有两个莎瑞雅丝的话？这样多棒啊？你丈夫拥有一个，我拥有一个。”

“我不会把你让给别人！”

“这梦没什么意义。我知道接下来我会在出租车驾驶座上看见你！我得让自己忙起来，免得再想这些乱七八糟的事。阿芙尼现在也不给我打电话了，她得到了一直想要的巴克莱银行的工作，你知道吗？”

“哦，真的吗？”莎瑞雅丝说。

“我说过一周以后就没人记得这些视频了，何况已经过去一两个月了。”达曼说。

“确实。”莎瑞雅丝说。

“我为她高兴。看来现在只有我没有工作，而且还在追寻荒唐的梦想。”

外面开始下雨了。

“你说得对，你需要忙起来。你得停止做这些荒唐的梦。”莎瑞雅丝咕哝着，“达曼，写一本好书，我们会让它出版的。”

“好的。”

“你有没有试试医生给你开的安眠药？”

“没有。”达曼说，“你打算用药阻止我做梦吗？”

莎瑞雅丝紧张地笑笑。

44

莎瑞雅丝在达曼的公寓等了好几个小时，才看见达曼跌跌撞撞地从门口进来。莎瑞雅丝朝他跑过去。达曼摔倒在地，翻着白眼，臭气熏天。

“达曼？”莎瑞雅丝说，“你怎么了？”

达曼含糊地说了什么。他张着嘴，衬衫上满是血迹。他的指关节青肿，一只眼睛上挂着瘀青。他昏倒了。莎瑞雅丝叫了一辆出租车把他送去附近的疗养院。医生处理了他的伤口，并告诉莎瑞雅丝，他的鼻梁断了，可能会得脑震荡。

她没有从达曼那里问出到底发生了什么事。当达曼在动手术的时候，莎瑞雅丝收到了一条苏米特的短信，叫她管好她的男朋友。

“什么意思？”莎瑞雅丝打电话给苏米特问。

“达曼没告诉你吗？”

“告诉我什么？”

“我们的事？”

“什么我们？”

“我和阿芙尼。我在和她约会，他醉醺醺地过来威胁我们。我们不想惹麻烦。你已经得到想要的了，现在，离我们远点儿！”

“你打他了吗？”

“保安打的。他不肯离开我们的桌子。”

“他在那儿干什么？”

“你应该问他。他想把阿芙尼拖出餐厅。他甩了她，现在她和谁约会不关他的事。他威胁阿芙尼说如果她不甩掉我，他就公开视频。”

“他没有……”

“你自己问他，他会告诉你。莎瑞雅丝，我要求你们离我们远一点儿。”苏米特说，“我得挂电话了。”

他挂断了电话。

第二天，达曼出院了。他们一回到家，莎瑞雅丝就问达曼记不记得昨天晚上干了什么。

“我碰到了苏米特。他说了你的坏话，于是我打了他，情况失控了。你用不着担心。”达曼解释说。

“他打电话跟我说，你为了阿芙尼和他打架。”

“为什么我会为了她打架？”达曼问，目光闪躲。

他在说谎。“达曼，告诉我真相。你有没有在你最好的朋友和前女友面前让我难堪？”

达曼翻了个白眼，嘲讽说：“他在和她约会。他们有那么多人可以选择，偏偏要选了对方。我知道他们想干什么。他们想破坏我们，想让我们嫉妒和生气……”

“他们做到了。你看起来又嫉妒又生气。”莎瑞雅丝说。

“我只是很愤怒，因为我觉得他们是我的朋友，结果他们却好上了。”

“我该回家了。我在疗养院待了一整夜。”莎瑞雅丝边说边站起来。

她正要走的时候，达曼握住她的手。

“怎么了？”

“对不起，求你别回去。”达曼说，然后抱住她。不知不觉间，达曼在她怀里哭起来。

“我需要你，我需要你。我好爱你，没有你我觉得好孤独。”

莎瑞雅丝让达曼坐到床上，不断地安抚他。她捧着他的脸亲他，说要是他还爱她就没关系。他保证说再也没有下次了，他发誓说再也不会给他们打电话或发短信。在莎瑞雅丝的坚持下，他还承诺说会努力戒酒。

他喝酒太多了，过于依赖安眠药令他的睡眠变得很不稳定。持续困于梦境的代价对他和她来说都太大了。这么多天里，他一个字也没写。线上杂志发邮件来约稿，但他看都没看这些邮件。他缩在毯子里，既不洗澡也不刮脸，整天看电视，给莎瑞雅丝发短信说想她，然后等她过来。

他们的晚间约会变得越来越乏味：他们就那么坐着，他会闷闷不乐几个小时，然后就到她离开的时间了。有时候，他会在午休时间出现在她的办公室，穿着睡衣，和她见二十分钟的面，然后在前台待上四个小时等她下班。莎瑞雅丝开始为他感到不安。

“你不是应该在写书吗？”莎瑞雅丝冷冷地问。

达曼不屑一顾，仿佛他不是作家一样：“我什么也写不出来。我考虑明年参加计算机考试，像你一样找一份合适的工作。反正我已经有你了，我为什么要写书？”

他想要拥抱她。莎瑞雅丝挣脱了。

“你不该抛弃你的才华。”

“我爱上了你，然后把它写成了故事，哪儿需要什么才华。”他讽刺地说。

“下次不许你再这么说。我不想看见你，除非我看到你写的几个章节。”莎瑞雅丝离开时说。

“写几个章节，怎么写？”

“达曼，你会写出来的，耐心点。你只要写就行了。下次见你的时候，我希望你已经写出了一些东西。”

“可是……”

“达曼，这一点没什么好说的。如果你不是一个作家，你还有什么用？”

“我想我爱……”

他还没说完，莎瑞雅丝就离开了。

45

接下来的两周里，达曼卑躬屈膝地乞求莎瑞雅丝去见他，和他说说话，但莎瑞雅丝拒绝了。他会清晨就到她的办公室，然后等到傍晚才离开。甚至，他不停地请求前台打电话给她。头两天里，他得以待在莎瑞雅丝的办公室外面，但之后保安就不许他进入办公楼了。但是，他没有放弃。

“我想和你说话。”他恳求说。

“除非你写出几个章节。”莎瑞雅丝回答说。莎瑞雅丝这样对他让她感到很痛苦，但她没有别的办法。她很矛盾。她终于把达曼握在了掌心，但这不是她在过去三年里逐渐爱上的达曼。他应该是那个想要讲故事而且不怕失败的古怪男孩，他必须变回原来的样子。她希望他重新做他原来擅长的事，但这说起来容易做起来难。

保安禁止他进入办公楼以后，他开始在门外等，盯着每一辆离开大楼的出租车，他会追着莎瑞雅丝的出租车跑。莎瑞雅丝哭着让司机继续开车，并看着他气喘吁吁、两手撑着膝盖哭叫她的名字，求她停车。

写书吧，她给他发短信。

我写不出来，我要见你，我爱你，他回短信说。接下来的两天里，达曼走开了，把自己锁在房间里打字。但是第三天，他去了莎瑞雅丝家。他在门卫室里用对讲机呼叫她。

“我只要见你十分钟，求你了，我保证我会走。我想见你，我在写了，相信我。”

莎瑞雅丝从窗户里看见了他。她可以让他进来，但如果她这次让他进来，他就会觉得理所当然，然后一直到她家来。

“我丈夫在家。”她说。

“那你下来，只要一分钟。”

“我们马上就要吃饭了。”

“我等你。”

“达曼，你得回去。你不可以来这里，明白吗？”

“可是……”

“回去。”

“我做不到……”

“达曼，写你的书。”

她挂掉对讲机，然后指示保安不要让他进来。这一夜，莎瑞雅丝看着达曼在门卫室周围晃荡，仰头看着她的窗户。天快亮的时候，他在路边睡着了。早上，她看见他摸出手机，但手机没电了。他求保安让他再呼叫她一次，但保安拒绝了。后来达曼打了一辆车回家。

“你打算毁掉多少人的生活？”看见她待在窗台上，莎瑞雅丝的丈夫问。

“我请你说话了吗？”

“他在那儿待了一整夜。”

“他得做正确的事，他得把我写下来。除非他做到了，否则我不会放任他。早饭好了吗？”

达曼一整天都没有给她发短信。那天晚上，莎瑞雅丝去看他了。达曼公寓的门房说他没出公寓的门。*他在写书*，她微笑着想。接下来的一周里，达曼待在他的公寓里写书，发短信向她报告最新的进展。他乞求她对他说一句她爱他。莎瑞雅丝没有心软。*让他等等*，她想。过了七天，他写出了几个章节，打电话叫莎瑞雅丝到他家里去看。

“你喜欢吗？”达曼问。

莎瑞雅丝茫然地看着他：“这……不太一样。我会带回家再读一遍，然后告诉你。”

达曼露出一个笑容。

“谢谢你。”她说。

“那我们现在出去吗？我在鸢尾草酒吧预订了座位。如果你想的话，你可以回家换件衣服，但我觉得你美极了，根本就不需要。你为什么这样看着我？还是你想叫外卖？那样也行。”达曼说。

“我得回家了。我还有些工作，而且我丈夫肯定在等我。”

“可你说过……”

“我得走了。”

“你喊什么？”

莎瑞雅丝冷静下来：“我只是……只是需要一点儿独处的时间。”

“是因为我吗？”

“不是，不是，没什么，只是工作上有点儿压力。”她解释说。

她急匆匆地离开了达曼的公寓。他们甚至没有打开达曼买的那瓶红酒。她开车到最近的书店，然后在小说区随意翻看起来。*我在哪儿读过这些内容，这不是达曼写的。*她花了一小时在书店里寻找，她很确定她在哪儿读过这些内容。最后，她找到了——达曼写的三章内容和卡西克·伊耶几年前写的几乎一模一样。

她又愤怒又伤心，跌坐在地上读起来。她开车回到达曼的公寓，把卡西克的书扔在他面前，骂他是卑劣的抄袭者。

“我还能指望你什么！”莎瑞雅丝尖叫说。

达曼试图辩解，但声音淹没在莎瑞雅丝无情的怒火里。她又喊又叫，达曼屈服了，他承认了抄袭的事实。

“你为什么这样做？”莎瑞雅丝喊道，“你必须要写我们的爱情！我们的！不是他的！我们的，达曼，我们的！”

达曼惭愧地移开视线。

“说话！解释，否则我会毁掉你。”

达曼苦笑。他看向莎瑞雅丝，眼里涌出泪水：“还有什么好毁的？贾扬提·拉古纳特不会让我出书。我写只是因为我想见你。”

莎瑞雅丝没觉得他可怜，反而更加生气。

“你要怎样才会重新写书？”

“我不想再写了。我只是——”

“达曼，别再哭诉了。”她咆哮道，“这不是我要的爱！”

她拿起桌子上的酒瓶扔向他。达曼狼狈地躲了过去，酒瓶撞碎在墙上。莎瑞雅丝怒火中烧地冲出公寓。回到家，她立刻泡了个热水澡，一直泡到皮肤起皱。当她看到达曼的短信时，她痛哭出声。

达曼

我爱你

达曼

为什么我必须继续写书？我爱你。

达曼

我会制作简历，然后申请一份工程师的工作。我想这不算太迟。

莎瑞雅丝删掉了他发来的所有短信。我磨灭了他写书的意愿。她跨出浴缸，用毛巾把自己擦干。她在手机里翻看贾扬提·拉古纳特的文件夹，除了对作家的尖刻批评外，没什么东西可以利用，她必须另想办法。

她一晚上没睡好，一直想着达曼会慢慢发疯。接下来的几天里，她不断梦见达曼被绑在精神病院里，挠着墙大喊他多么爱她。

46

第二届孟买文学节正在举办，但情况不太好。资金的短缺促使组织方想方设法地赚钱，其中一个方法就是向感兴趣的读者售卖最后一天举行的作家晚宴入场券。一张入场券高达3000卢比，但莎瑞雅丝不在乎。这一周的前几天，莎瑞雅丝请求达曼去文学节上交流交流，并给自己找一家出版社，可他对她的建议嗤之以鼻。

“他们会嘲笑我。”他说。

他把她的请求当耳边风，反而提议去尼穆拉纳进行短途旅行。莎瑞雅丝恼怒不已，差点儿没忍住给他一耳光。情况越来越糟糕，在她抓到他抄袭以后，他写出来的东西越来越荒谬。他在自欺欺人。

达曼变得越来越暴躁、懒惰和善变。他失去理智的过程非常缓慢，莎瑞雅丝刚开始的时候并没有注意。他们要么为了她丈夫争吵，要么他抱着她痛哭。他越来越强烈、越来越绝望地抱怨她的离开。有两次，她到他公寓的时候看见房间被弄得一塌糊涂。他一周内两次弄坏了笔记本电脑。“有新电脑的话，我会写得更好。”他说。但莎瑞雅丝买的新电脑遭遇了同样的命运，他像犯错的小狗一样哭着在她脚边乞求。达曼越是变得磨人，她越是发现自己充满内疚。她必须要让一切回到正轨。

晚宴名不副实。花了大价钱的读者成群地站在一个角落里，而作家们却懒洋洋地聚在一起，时不时会有几个读者鼓起勇气走到自己喜欢的作家面前，要个签名和聊上几分钟，作家兴致缺缺地回答他们的问题，然后读者回到他们原来的队伍里。

现场的作家中，卡西克也许不是最聪明的，但他个子最高，长得最英俊，怀里搂着漂亮的女友凡尼卡。拄着拐杖的他格外吸引人们的视线。莎瑞雅丝在等待时机，一直等到凡尼卡在自助酒会上喝醉。终于，她在自助餐台边碰到了凡尼卡。

“嗨。”莎瑞雅丝说。

“嗨。”凡尼卡回答，笑着露出雪白的牙齿。

“菜品不错，对吧？”

“是的。”

“你是作家吗？”

“不是，我陪我未婚夫来的，他是作家。”凡尼卡说，亮出手上的戒指。

“真漂亮！他是谁啊？”

凡尼卡红着脸指向卡西克。

“你们俩简直是天造地设的一对！”莎瑞雅丝说，“我叫莎瑞雅丝。”

“我叫凡尼卡，你真贴心。”

“我不会让你和他分开很长时间的，和你聊天太好了，请向他转达我的敬意。”莎瑞雅丝说。

莎瑞雅丝在盘子里装满菜品，拿了一杯红酒，绕着桌子寻找空位。

不久，凡尼卡叫住她。

“和我们一起坐吧。”她说。

莎瑞雅丝挥挥手，似乎在说“不用”，但凡尼卡一直坚持。莎瑞雅丝在他们的桌子边坐下。

“她是莎瑞雅丝。”凡尼卡介绍说。

“你好，我是卡西克。”卡西克说，“我应该和你握手，但……”

莎瑞雅丝回他一个微笑：“你女友告诉我说你是一名作家？”

“我可能是写了几本书，但在这一行还是新手。”卡西克说，脸上露出一个顽皮的笑容。

凡尼卡笑起来。“他是畅销书作家。上网搜搜看！你会看到的。”凡尼卡热情地说。

“不好意思，我不怎么读印度作家的书。”莎瑞雅丝说。

卡西克皱起眉。

注意到这点后，莎瑞雅丝说：“因为我上次读了一本印度作家写的爱情小说，简直想把自己的眼珠子抠出来，是一个叫达曼·罗伊的家伙写的。”

凡尼卡笑笑。

“该死，我希望他不是你的朋友！”莎瑞雅丝说。

卡西克假笑说：“他不是我的朋友，但我认识他。他是……”

凡尼卡打断他说：“跟你说一件有趣的事！卡西克觉得他是一名好作家，比他自己还好，不过我一直认为他是个废物。”她看向卡西克，“我们送她一本你的书让她比较一下吧？”

“我们无须这么做。嘿！你的酒喝完了。”他说，挥手叫来服务员添酒。

过了一会儿，凡尼卡起身去洗手间，回来的时候带了一本卡西克的书。她让卡西克在上面签了名，然后把书送给莎瑞雅丝。

“谢谢，你真是太好了，我可以买……”

“这是礼物。请你读完以后告诉我谁写得更好，是他还是达曼？”

“我们无须这么做。”卡西克反对说。

“他觉得我说他写得更好是因为我爱他，所以我们想听听你的想法。”凡尼卡说，“每次他听见他的编辑称呼达曼是下一个明星作家，他就觉得他的时代结束了。”

“我会告诉你们的。”莎瑞雅丝挥着书说，“我该回房间了。”

“你住在这里？”卡西克问。

“308房。你们也住在这里吗？”

卡西克点点头：“304房。”

“如果我今晚读完这本书，我会告诉你们。”

凡尼卡露出一个醉醺醺的笑容：“我们拭目以待！”

回到房间，莎瑞雅丝等了三个小时。她每隔三十分钟就会穿过走廊去查看304房间的灯有没有熄灭。夜里一点多钟，她通过内线电话给304房间留了一条语音信息。*我读完了，但不能透露太多。*

半个小时后，卡西克来按她的门铃，她从门缝里看见他的时候，简直乐开了花。

不安和急躁促使他来到莎瑞雅丝的门前。而她早就做好了准备，只穿了一件薄薄的长T恤，刚刚能遮住她的臀部。她没有穿胸罩，在看到卡西克靠着拐杖站在门外的时候假装很惊讶。她欢迎他的到来，缓缓地走在他前面——她希望他会盯着她看，希望他不那么专情，希望他比表面上更花心。

她给他倒了咖啡，不过他婉拒了。

“你觉得书怎么样？”

“我没想到你会在半夜里来问我这个。”

“我没睡着。”

“我的看法重要吗？”莎瑞雅丝问。

“我们的书你都读过，所以你的看法重要。”

“但你为什么要和别人比呢？两本书可以在市场上共存，无所谓谁比谁好。”她说。

“畅销榜和书的好坏无关，它们只是告诉你哪些书卖得最好。这是两码事。”他说，“跟我说说吧？你觉得怎么样？”

“达曼是个普通的作家，但他比你强。”莎瑞雅丝说。

“是吗？”他问，并努力保持礼貌。但她注意到了他声音里的恶毒。

她几乎能听见他的想法。*她怎么敢？她知道什么？该死的。*

“我觉得不读印度作家的书不会错过什么。”她说，尽可能地保持冷静。她知道，自己越是拒绝回应，就越能激起卡西克想要打她、占有她的激情。她能看见他眼睛里愤怒的火焰。

“好吧。”

“我觉得你的故事太……俗气了。”她解释说。

“你在挖苦我吗？”他尖锐地说。

*经典。责怪读者，然后试图确立优越地位。*她可以采取下一

步行动了。她垂下眼睛看着咖啡，而后抬起头。

“我说的是爱情。”

“为什么？你受过情伤？”

“我不想说这个。总之，我觉得你的书适合相信爱情的人，比如你和你的女友凡尼卡。但它不适合我。也许有一天我会喜欢它，但不是现在。”

卡西克放松下来。她不喜欢书不是他的责任，是她自己的责任。

“啊，那太好了，等你找到爱情的时候我可以送你另外一本书。”卡西克说，脸上露出一个亲切的微笑。

“好男人都有主了。你就是证明！”

卡西克紧张地笑笑。她站起来，给自己又倒了杯咖啡。她感觉到卡西克的视线跟着她，然后她故意走回床边。

“你知道德里的男人都是什么样的吧。”莎瑞雅丝说，“我就是德里人。”

“那是偏见。我也是德里人！”

“所以你才和另一个作家比高下？谁更强？我还是他？他还是我？这就是德里人的特性。”

“这是作家的特性。”

“但也是德里人的特性。”莎瑞雅丝说，淘气地笑笑。

“不过，我在想，谁会赢得这场比试呢？”

卡西克看上去很尴尬。

莎瑞雅丝得意地笑笑，说：“抱歉，我想我有点儿醉了，我收回我的话！”

“我会赢的。”他说，眨眨眼。

“哈！典型的德里男孩！”

莎瑞雅丝咳嗽几声。

“你要水吗？”卡西克问。

她点点头。卡西克从椅子里站起来拿了一瓶水走近床边，伸手把瓶装水递过去。莎瑞雅丝接水时轻轻把手拂过他的胯部。卡西克红着脸退后几步。莎瑞雅丝转过身笑了。

“看你，真怕羞！”

卡西克不知道说什么好。

“达曼没那么容易打败你！”她用手掩着嘴说，“我不该那么说。”

卡西克露出微笑，自负于自己的男子气概和自我意识。

“我告诉过你。”

“嘿？看这里。”她指着他的胯部说，“所以你才……勃起了？”

她大笑。

卡西克不安地笑了笑。“没有。”他抗议说，“我没有……我没有……”

“卡西克，我以为作家说谎的水平更高。你真让我失望。”

“我没说谎。”卡西克争辩。

“你没有吗？我可以打赌。”

“我没有！”

“那我们赌。让我看看？”

“什么？”

“让我看看！”

“如果我输了会怎样？”

莎瑞雅丝从床上站起来。她走近一点儿说：“我们稍后再决定。”

卡西克笑了。

房间的角落里，一台手机录下了整场对话。

47

莎瑞雅丝已经等了三个小时，一边等一边思考该怎么说。达曼走进公寓，经过莎瑞雅丝的时候在她脸上亲了一下，似乎一切都很正常。他问莎瑞雅丝有没有兴趣看迪皮卡·帕度柯妮主演的新电影。他脱掉鞋，把它们扔到角落里，然后坐到书桌前查看邮件。

“看见没？我写了三章，流量增加了。万事俱备，只欠东风。”达曼转过身对她说。

“你去哪儿了？”她问。

“英国委员会图书馆，怎么了？”

“和谁？”

“阿芙尼。”他回答。

“你都不打算隐瞒吗？”

达曼脱掉衬衫，擦干汗水，从衣柜里翻出一件干净T恤穿上。

这是一件磨旧的灰色T恤。

“我为什么要隐瞒？我们只是见面聊了几个小时。”

莎瑞雅丝恼火地站起来：“几周前阿芙尼在门外哭喊你的名字，你坐在这里叫她滚开，然后你被苏米特打了。”

“是保安，不是苏米特。”

“这不是重点！”

“你反应太过了，莎瑞雅丝。我和阿芙尼是过去式了，我们现在只是朋友。”达曼说。

“她没告诉你是谁帮了她吗？”莎瑞雅丝咆哮道。

“你托关系让她得到了巴克莱银行的工作。她让我再次谢谢你。不过，说实话，一切都是你造成的，那视频……”

“闭嘴，达曼！”她叫道，“你能别再惩罚我了吗？你能一次把想做的做完，把想说的说完，然后让这件事过去吗？为什么你每天都能找到一个新借口和我吵架？”

“错了，我根本没和你吵，是你在和我吵。宝贝，你看不出来吗？我爱你，我很爱你。我们好得很，太好了。我没发现我们之间有什么问题，除了你试图勾引我最讨厌的男人这件事……”

“我想要我们开开心心。我为此等了太长的时间。我这么做是为了你！我根本没碰他，而且你拿到了合约，不是吗？为什么你要这样说？”

“你是认真的吗？你把卡西克叫到你房间。如果不是凡尼卡敲门，谁知道会发生什么事？谁知道你会做到什么程度？”达曼讽刺说。

“我没打算做什么。我已经得到想要的东西了。”莎瑞雅丝说，“就算没人敲门我也会停下来。”

“该死的，我怎么知道？”达曼喊道。

“因为我爱你，达曼！几周前你在自我毁灭。我必须这么做。看看现在的你！你已经写了三章了。”

达曼打断她：“知道吗？就让这些章节见鬼去吧。”

“你怎么能这样对我说话？”莎瑞雅丝反击道。

达曼翻了个白眼。他拿出手机，给莎瑞雅丝看卡西克·伊耶发给他的短信。

嘿，伙计。也许你成功地利用我重新挤进了贾扬提的出版计划，但你知道你的女朋友做了什么吗？不如下次你也一起来吧！

“我该怎么回复他？”

“我会处理的！”

“再威胁他一遍吗？但我要怎样忘掉那个混蛋说的话？”达曼问。

“出丑的是他，不是你，这件事对你只有好处。”

“哦，天大的好处！我女朋友出卖肉体得来的出书合约？”达曼嬉笑着说。

“你太过分了！”

“每天我让你回去伺候你丈夫，你会给我什么好处？报酬你打算周付、月付、半年付还是年付？我坚持要按月付。”

“你真下流，达曼！”莎瑞雅丝尖叫着打了达曼一巴掌。

达曼朝地上啐了一口：“好像你多么高尚似的。”

“我为此付出了三年时光，三年……”

“我该感恩戴德吗，啊？不管你做了什么，都是因为你想做，是你跟踪我，是你跟着我去果阿邦！别用爱我当借口，懂了吗？你这么做是因为你想！”

“你说的好像一切就是个错误。”莎瑞雅丝喃喃地说。

“也许吧。很遗憾我不是你想象的那样。但这难道不是我们这段关系的标志——互相欺骗？”达曼嘲讽说。

“这不公平。我不该被这样对待。”

“这一点我们想法一致。”

莎瑞雅丝拿起包冲出达曼的公寓，愤怒地直接打车回家了。达曼几小时内就冷静下来了，像过去几周内无数次发生过的一样，他找她乞求原谅。*我知道你这么做是为了我。*他疯狂地给她打电话和发短信，威胁要到她家撞门，还一整夜待在她公寓的大门外。

莎瑞雅丝像往常一样原谅了他，她拥抱他，让他忘掉卡西克的事。他道歉说他的行为太可恶了，并且发誓下次再也不会这样。于是，莎瑞雅丝像往常一样相信了他。她不打算这么快就放弃他，她为这段恋情投入了太多。她必须要维持好他们之间的关系。

“我会弥补的。”他抱着她说，流下了眼泪。

“宝贝！”

“我会写出最好的书，谁也不会遗忘我们的爱情。我保证。”

第二天晚上，莎瑞雅丝含着微笑睡着了。

48

不知不觉间，莎瑞雅丝被达曼阻拦在他的生活之外。

“我得写书，宝贝，你在这里我会分心。”他说。他得专心为下一本书写一个具体的章节目录。刚开始的时候，莎瑞雅丝又怀疑又担心，害怕达曼会反复做梦，梦见有两个莎瑞雅丝——一个坐在他身边，一个坐在出租车后面。虽然他重新振作起来了，并专心于写作，用她在这一年里从未见过的强度迅速地写出一章又一章内容，但他的情形越来越糟糕。

他拒绝服用安眠药。*我无法集中注意力*，他说。莎瑞雅丝在最初几天里跟踪了他。他会去图书馆，会独自坐在咖啡馆里，或者把自己关在公寓房间里，然后疯狂地写作。这让她想起了过去的时光。那时，一种莫名的吸引驱使她靠近这个长着一张娃娃脸和一双明亮眼睛的大男孩——他有满肚子的故事想要写出来，而她是他第一个真正的粉丝。

即使是现在，她仍旧被疑问困扰。*为什么是他？为什么我跟踪他？我怎样才能摆脱这一切？为什么我爱他？*她从没有找到过答案。不久，这些疑问就被她抛于脑后，再也没有正面回答过。

有时候，他会在深夜里给她打电话，像小孩子一样大哭不止。“怎么了？”她问。“我刚刚写了一点儿东西，我想要告诉你。”他说。就这样，他会和她聊上一整夜。“我什么时候能读一读？”她问。“等我写完结尾。”他告诉她。

这一天来临了。*这才是他*，莎瑞雅丝手里拿着达曼下一本书的五十页详细框架。

“怎么样？”达曼问，笑得得意扬扬。

他知道他成功了。他刚才察觉到了莎瑞雅丝脸上感动的表情。

“太美了，太美了……”她说。

“我只要再修改几个地方，有几个章节看起来要再改改，我会在第二稿里着手润色。你可以在感觉奇怪的章节做上标记。”他说，递给她一支钢笔。

“我觉得很完美。你发给贾扬提了吗？”

“还没，我想做到完美无缺。虽然卡西克威胁她和我签了合约，但她会使劲地对我的书冷嘲热讽。”

“她不会的。”莎瑞雅丝打断他说。

“你怎么知道？”达曼问，“别，我只是随口问问，免得你又吓死我，最好还是别告诉我了。”

莎瑞雅丝笑了：“宝贝，你真可爱。”

达曼微微一笑，向后靠在椅子里。

“我等不及想看这本书出版了。”莎瑞雅丝说，“赶紧写完它！”

达曼叹口气，盯着自己的手看。

“怎么了？”莎瑞雅丝问。

“梦，莎瑞雅丝，我每天做梦。我在梦里看见一个预言。”他说，眼睛里闪着疯狂的光芒。

“你吃药了吗？”

“我再也不需要吃药了，莎瑞雅丝。”他说。

“什么意思？”

“你读到结尾了吗？”

“这只是章节概要。你还要继续写下去，对吗？或者你已经写完了？给我看看？”莎瑞雅丝兴奋地问。

“我还没写完，但我知道该在哪里结束。”达曼说。

“哪里？”

“车祸，害死莎瑞雅丝的车祸。”他回答。

莎瑞雅丝皱起眉：“但是……”

他继续说：“这是最后一本达曼和莎瑞雅丝的书。她最后死了。”

“有必要吗？”

“这是写这本书的唯一方法。这是一个很适合他们的爱情的结局，不是吗？葬身火海？像他们的爱情一样？像我们的爱情一样？热烈而短暂！”他盯着她说。

“我不赞同。”

“你赞同，莎瑞雅丝。”达曼喃喃地说。

“什么意思？”

“你也想这样，宝贝！”他抓着她的手，眼睛闪闪发光。

“我不想！”

“难道不是因为这个你才留在你丈夫身边的吗？你认为我们的爱情终会成为泡影，在一段时间以后回归平庸，不是吗？”

“不，我……”

“你就是这么想的。”他说，放开了她的手，“我不怪你。你想得对！我们的爱情终会消失，所以书里的莎瑞雅丝必须死去。”

“可是……你下一本书要写什么？”莎瑞雅丝严厉地问。

“现在我还没考虑。”

“有新女主出现吗？达曼呢？他还在吗？”

“可以哀悼她，想象一下那种情形。”

莎瑞雅丝想了一下。一个绝望的痴情汉，日日夜夜思念着身亡的挚爱。*这会是一个很棒的爱情故事。伟大的作家总是用死亡*

*凭吊爱情的永恒。*她说："这是一个很棒的故事。"

"或者也可能会有一个女孩走进他的生命。我还没想好！"达曼说。

"不许！"莎瑞雅丝尖厉地说。

"这是唯一的办法，宝贝。"他说。

"你不许写其他女人！"她尖叫道。

达曼得意地笑了笑，靠了过来。"我就想听你说这句话。"他握紧拳头说。他对她笑笑，手指拂过她的脸庞，亲吻她张开的嘴唇。

"我爱你，宝贝。"他说。

"你在说什么？"

"如果达曼不在第三本书里出现，那他必须在第二本书里死掉，不是吗？他们的爱情故事必须有个结局，不是吗？"

"你吓到我了，你怎么了？"

"莎瑞雅丝，你没弄明白吗？"他问，"这就是一直以来梦境告诉我的事。你还没弄明白吗？你没发觉命运会引领我们去哪儿吗？"他问，眼里充满泪水。

"我没弄明白什么？"

"我们得结束这一切。我们的爱情。如果我们想让爱情故事变得伟大，让人们津津乐道，我们必须让它永存。"

“但你已经做到了。书……”

“我不是指书，该死！我指的是现实。你知道我为什么总是做梦吗？因为那就是未来！”他说，眼里闪着疯狂的光芒。

“我真的听不懂你在说什么。”莎瑞雅丝喃喃地说。

“想象一下我们回到车祸里，但这次我们谁也没活下来。你自己说过，如果莎瑞雅丝死了，达曼也活不下去。书会在我们死后出版……”

“你在胡说什么？”

“不，我没在胡说！这会很完美！你想让我们的故事永远流传，对吗？还有什么比这更好的方法吗？我们差点儿死过一次，这次我们一定要做到——我们要让每个人都记住我们的故事。”

“听着，达曼，这不好玩。”

达曼沉着脸：“宝贝，这本来就不是玩笑。这是我们之间唯一合理的结局！”

他指向房间的角落。

“那是什么？”莎瑞雅丝问。

“汽油。我们撞车后，它会立刻熊熊燃烧。没有痛苦，一次优美的、炽烈的死亡，燃烧的火球是我们的落日。这很完美，宝贝。这就是梦境……”

莎瑞雅丝打断他：“你需要休息，达曼。我们需要……”

“不！我已经决定了！”达曼尖叫道。

莎瑞雅丝放低声音，轻轻地说：“达曼，我知道你的压力有点儿大。这几个星期你一直在写书，也许你只是过于沉迷了。你需要冷静下来想想，你提的那些没有必要。我们可以去求助医生，宝贝。你的妄想症很危险。我们现在要做的就是去看医生。现在，我得去上班了，晚上再来看你，然后选择一位医生，好吗？我会陪你去就医，好吗？我们得结束这种疯狂的行为。”

她站起来，吻了吻达曼的脸颊。他没说话。

她转身离开的时候，达曼开口了，血红的眼睛里涌着泪水：“没有其他方法，我们必须这么做。我已经考虑了好几个星期。如果你爱我，你就会和我一起上车。”

她转身看着达曼。

他喃喃地说：“或许，我可以把书里的女孩换成阿芙尼。”

“到底是为什么？”

“因为阿芙尼已经准备好和我迎接死亡，和我一起化成火焰，让她的爱成为永恒。这是唯一的方法。”他说。

“你联系她了？”

“为了防止你临阵退缩而已——就是你现在这样，莎瑞雅丝。也许她是对的，她比你更爱我，她做好了为此而死的准备。”

“听我说……”

“你打算再去用视频威胁她吗？”他嘲讽说，“你别想了。我把它从你手机里删掉了，而且我知道你没有备份。”

“你什么……”

“没错，我删了。”达曼站起来说。

他走近莎瑞雅丝，亲亲她的脸颊：“告诉我，你想和我前往终点吗？或者是她？你准备好和我一起死了吗？”

莎瑞雅丝没有回答。

“我会在下个月底完成书的第二稿。”他说，“到那时，你要给我答案。”

49

一切都在崩溃。达曼的妄想没有消失，比莎瑞雅丝所想的精神错乱还要严重。

几天后，莎瑞雅丝回家时发现达曼坐在她丈夫面前。她丈夫坐在地上，左颧骨上有一处紫色的瘀青，嘴唇流着血。达曼拿着一把刀在两只手里抛来抛去。

“你在这里干什么？”莎瑞雅丝问。

“我和你丈夫好好聊了聊，他不怎么擅长聊天。”

“把刀拿开，达曼。”

“好的，宝贝。”

他邀请莎瑞雅丝坐到他旁边。莎瑞雅丝的丈夫交代了一切：他和她姐姐偷情，他殴打她，她拍下了被打的视频。

“我是对的，不是吗？死亡才是我们爱情的顶点，才是我们的结局。不然你以为我们的未来是什么？结婚生孩子？让我变得像他一样？不，这不是我们，莎瑞雅丝，你心里明白。虽然你能，但你没有离开你丈夫，难道不就是这个原因吗？因为这不是我们。你让阿芙尼有机会和我在一起，而你却继续当我的情妇，难道不就是这个原因吗？”达曼说，亲吻莎瑞雅丝。

莎瑞雅丝的丈夫在一边看着，乞求他们放过自己。达曼那天离开的时候告诉莎瑞雅丝说他会等她的决定。接下来的几天里，不管莎瑞雅丝如何哭喊、哀求、怒吼，他都没有改变决心。无论她怎么做，她都无法动摇达曼的决绝和疯狂。他开始给她看死亡是如何令爱情不朽、死亡为何是终结一切的唯一手段的文章。

他沉迷于死亡和爱情，即使在夜间的电话里，他们谈论的也是这个。他会说他多么爱她——这让她融化成一汪春水——可他还会谈论他们一起死去的话题。

“莎瑞雅丝，如果不这样算什么爱呢？为了我们的爱情互相牺牲！我们会作为同生共死的爱侣被世人铭记。”他说。

“可是……”

“你不够爱我吗？你觉得我不配吗？”他问，然后她会无话可说。

莎瑞雅丝感到绝望，她安排了一名能够帮他摆脱疯狂的心理医生到公寓见他，但达曼把他打得惨不忍睹。他把心理医生拖下楼，扔在公寓大楼外面，大喊说他没疯、他没疯！

不久，达曼从梦里醒来的时候不再满身大汗、浑身颤抖，而是笑容满面、开心不已。他沉迷于写书，几个小时里一眼也不会离开他的电脑。他的眼睛刺痛，每到晚上去睡觉的时候都满含泪水。他把这些章节发给莎瑞雅丝，她会重复地读它们，并且感动地流泪。*这是她读过的他写的最美的语句。可是……*

过了几天，达曼要求她在他们实现最完满的爱情前和她丈夫离婚。

“我不希望你以别人妻子的身份和我死在一起。”他握着她的手说。

这是莎瑞雅丝的一条出路。离婚诉讼需要很长时间，可能要好几个月。他带她去找离婚律师，当律师说要很长时间的时候，她察觉到他的脸色阴沉下来。莎瑞雅丝觉得，她还有时间让他改变主意。这时，达曼说：“我等不了那么长时间。该死的离婚。”

莎瑞雅丝试图告诉达曼，如果他这样死了他父母会多么伤心，然而他毫不动摇。

“他们已经忍受过一次了。”他说。

无计可施之下，莎瑞雅丝最后联系苏米特和她见一面。苏米特一开始很不情愿，但当莎瑞雅丝跟他说和达曼有关的时候，他勉强同意了。

“谢谢你能来。”莎瑞雅丝说，和苏米特握握手。

“你想怎么样？”苏米特问。

“你能坐下来吗？事关你的朋友。”她恳求说。

他勉强坐下：“说吧？”

“他打算自杀，他想要重现那天的车祸，而且他想让我待在车里。他疯了。”她说。

“瞎扯。”苏米特漠不关心地说，“我们点些吃的好吗？我有点儿饿了。你不能挑个安静的地方吗？”

“我是认真的，我说的是你的朋友。”她说。

“我以为我们在谈你男朋友。瞧瞧他干的那些事，我为什么要担心他？”

“听着，苏米特，事已至此，我们别再提了。你必须相信我——”

“我看到你的脸，就会想起你和我约会的那天晚上。”

“听着，过去的就让它过去。事关达曼，我们必须救他。”莎瑞雅丝反驳说，用力拍着桌子。

“我要一份美式杂烩，你呢？”

苏米特挥手叫来服务员。他点了菜，然后又问了莎瑞雅丝一遍。莎瑞雅丝没说话，于是他对服务员说就要这么多。

“你不相信我吗？”

“我为什么要相信你，莎瑞雅丝？”

“他真的打算这么干。”莎瑞雅丝喊道。

“我关注了他的推特。他看起来挺好。”

“你觉得他在开玩笑吗？”

“当然，不然我该怎么想？还有，这算什么？你玩的又一个把戏？请停止这种荒谬的行为，我和阿芙尼在一起很开心，别想破坏我们，知道吗？”苏米特警告说。

“他是认真的！”

“苏米特，听我说。他正在写书，结局是达曼和莎瑞雅丝一起死了。他想要在现实里模仿他书里的生活——他被死亡迷住了。”她解释说，给苏米特看达曼发给她的邮件。

“要我说，作家嘛，他们很好玩。但我肯定他不会去做你说的那些事。”他说。

“他会！”莎瑞雅丝反驳说。

“你再喊一次我就走。哦，吃的来了。你想要一点儿吗？”他问。

“不，谢谢。”莎瑞雅丝站起来说，“你女朋友已经同意了。”

“女朋友？谁同意了什么？你今天想好好说吗？或者我们明天再碰头？我觉得你应该吃一点儿。”他指着碗说，“吃一点儿可能会让你脑子更清醒。”

“你女朋友阿芙尼，她同意和他一起坐在车里。达曼答应在书里用她换掉我。”莎瑞雅丝说。

苏米特笑起来：“阿芙尼？哦，得了吧！阿芙尼退出了，她不可能这么做，绝不可能。她爱我，她受够那个混蛋了。”

“达曼跟我说……”

“达曼在耍你。也许他只是考考你，也许他想看看你有多爱他。如果他问了阿芙尼的话，那你明显没通过。”

“这不是一次考验。”莎瑞雅丝喃喃地说。

“如果不是，那我肯定阿芙尼在耍他，她很可能是在报复你们对她做过的事。如果是这样，作为一个忠诚的男朋友，我想再加两个字——去死。”

“可她到底为什么会同意？她不知道达曼变得多偏执。”

“你确定不吃一点儿吗？”苏米特问，然后埋头于食物中。

莎瑞雅丝站起来冲了出去。

50

莎瑞雅丝已经在巴克莱银行办公楼的大厅里等了两个多小时。前台联系了阿芙尼三次，每次她都说十五分钟内到。*她是故意的*，莎瑞雅丝想。如果她仍旧掌握着被达曼删掉的视频，阿芙尼就不敢这样让她等。或者她有备份也行，可备份违背了莎瑞雅丝的基本原则——储存数据的机器越多，她就变得越多疑。

又等了半小时，阿芙尼穿着漂亮的制服出现了，她一看到莎瑞雅丝就笑了。

“嗨。抱歉，我在开会。你等了很长时间吗？”

“我们别假客套了。”

“我想说，在监控里看见你像无头苍蝇一样乱转，实在太搞笑了。你想谈什么？”

“把这些事情告诉达曼的父母，我们得阻止他。他真的打算自杀。”莎瑞雅丝说。

“你在大惊小怪。”

“他是认真的。”

“我一直觉得他有点儿精神错乱。但他不会做这么疯狂的事。这是在考验你，我肯定。即使他是认真的，你才是和他交往的人，对吗？他的真爱？为什么我要搅和进去？远离你们，我和苏米特在一起很幸福。”阿芙尼嘲讽说。

“我只想让你告诉他父母。”莎瑞雅丝说。

“你该自己去说。他和他的家里人跟我一点儿关系都没有。”

“……”

阿芙尼笑起来：“哦，等等，你不能露面。你该说你是谁呢？莎瑞雅丝？可莎瑞雅丝已经死了。”

“阿芙尼……”

“你跟苏米特说达曼打算自杀的时候，他相信吗？”

“不信，他说的和你一样。这是一次考验。”

阿芙尼笑笑。

“怎么了？你为什么笑？”莎瑞雅丝问。

“他会这么做的。”她说。

莎瑞雅丝皱起眉：“你相信他会照他说的做吗？”

“当然，他绝对打算尝试，他会不顾一切进行到底。”阿芙尼说。

“然后？”

“然后什么？”

“你不应该做点儿什么吗？”莎瑞雅丝抱怨说。

“我在尽力。如果你不愿意，我会和他一起。我还能为他怎么做呢？”阿芙尼问。

“你也疯了吗？和他一起待在车里？你怎么回事？你会死掉！他打算撞车！你为什么这样做？”

“因为我想报复你，莎瑞雅丝。”阿芙尼冷酷地说。

“为了报复，你宁愿死吗？”

“你竟然不愿为爱去死！那可是你追逐了三年的爱情。为此你几乎毁掉了我和他的生活，你竟然不愿为爱情去死？听起来这爱可真浅薄！”

莎瑞雅丝咆哮道：“所以你打算和他上车？你打算和他一起死？就是为了报复我？”

“虽然我现在和苏米特在一起，但我还是很喜欢他。”

“重点是你会和他一起死，你不知道吗？”

阿芙尼大笑：“哦，你确实没搞明白，是吗？”

“什么？”

“我用不着死，莎瑞雅丝。我要做的只是和他一起坐在车里。”阿芙尼说。

“你什么意思？”

“在最后一刻，我会害怕，会哭泣，会大喊，会求他停下，我会告诉他我不想死，然后在最后一瞬间虚弱地倒下，而他会猛踩刹车。我会告诉他，我以为我爱他爱得可以去死，但……”

“他会恨你。”莎瑞雅丝尖声说。

“他会因为我的努力而爱我。他会想，至少我比你好多了，至少我坐上了车。你知道我还会得到什么吗？他会在书里用我的名字，而且我不用为此去死！”阿芙尼笑容灿烂地说。

“可是……”

“莎瑞雅丝，他会确切地明白一件事——我比你更爱他。因为我才是那个愿意为他死的人。我怀疑他会怎样看待你？胆小鬼？一个试都不敢试的人。”

“你不会的。”

“我肯定他从此不会再爱你。你的名字不会出现在书里。你想要的一切都会离你而去，到时肯定很有趣。”阿芙尼说。

莎瑞雅丝笑了。

“哦，你笑了，是吗？等等？你正在考虑做同样的事，不是吗？”阿芙尼问。

“这可得谢谢你。”莎瑞雅丝嘲弄说。

“这对你没用。”阿芙尼说。

“有用。”

“莎瑞雅丝，我以为你要更聪明点儿。”阿芙尼说，“你忘了，我已经接受了达曼的提议。如果你决定上车的话，我肯定他会选你。但如果你退缩了，他会不停地想如果他选了我会怎样。他会觉得自己选错了人，这想法会整日整夜纠缠他。你知道他会变成什么样，对吗？”

“可是……”

“如果你拒绝了，他会再来邀请我。鉴于他的疯狂，我敢打赌。如果他不来邀请我，而是带着荒谬的想法找我，我会拒绝他。”

“那样他会离开你。”莎瑞雅丝说。

“会吗？要是我决定发火呢？要是我跟他说，我答应为他去死而他却选了你呢？一个不够爱他的女孩！我会跟他说，我不许他再玩弄我的感情。我会抛弃他，让他心碎。我会叫他不要出现在我面前，我会扮演一个伤心的女孩。你觉得他会怎么做呢？爱你？还是爱我？左右为难？”

“……”

“怎么？无话可说了吗？”阿芙尼笑道，“你一直想变成车里的女孩，对吗？现在，你的机会来了。”

51

自从莎瑞雅丝答应了坐在车里重现当天的场景，好让他们的爱情永恒不朽后，这件事便没有了丝毫讨论的余地。*一切都在进行中。*

达曼没日没夜地写书。在写完最后几章后，他申请退房，还掉了租来的家具。他在易贝（ebay）之类的网站上卖掉了他的大多数物件，然后陪父母一起消磨了不少时间。

莎瑞雅丝每天都想把达曼的计划告诉他们，但想不出任何办法让他们相信。不仅如此，这样还可能会让达曼投入阿芙尼的怀抱。现在，只有一条出路，她下定决心——她会坐在车里，然后按阿芙尼说的去做。*她会乞求，会哭泣，会在最后一刻虚弱地倒下。她必须要把握机会。*

这一天越来越近，莎瑞雅丝也变得越来越紧张。

两个月后，达曼写完了书。他把自己打理干净。阿芙尼终于看到达曼刮了胡子，洗了澡，穿上时髦的衣服——他看上去相当帅气。

在这个早上，他开车来接她。他租了一辆车，车里还放着一束花。这辆车与达曼出车祸那天开的车是同款。她想远远逃开，远离他和这些疯狂的事情，并且永不回头。*我只要保持理智，然后在最后关头阻止他。*

“我爱你。”他说。

她一见到达曼就心软了。他温暖的眼神、充满爱意的抚摸和真诚的声音都在提醒她，为什么她会违背自己所有的本性而爱上他。

“今天是我们余生的第一天。”达曼说，眼睛闪闪发光。

“我爱你，宝贝。”

“你害怕吗？”

“不怕。”她说。

“你总是这么勇敢。虽然我知道这很有爱，但我害怕。”他像个疯子一样笑着说。

他们先开车去集书出版社，签合约，然后把书稿交给贾扬提。贾扬提喜欢这本书。虽然书里的角色不是她所期望的，但她什么也没说。她告诉他们，书会按期出版。他们花了很长时间进餐。他带了喜欢的书，并给莎瑞雅丝读他喜欢的片段，直到夜晚来临。

他给她读的最后一本书是阿尔贝 · 加缪的《西绪福斯神话》，里面有这样一句——“真正的哲学问题只有一个，这就是自杀”。她时不时会打电话给苏米特，让他过来阻止这一切。但苏米特对此置之不理，仿佛这些无足轻重。

夜里一点，餐厅要打烊了，于是他们离开了。

“我真高兴我们这么做。”达曼为她拉开车门时说。但她刚上车，身体就背叛了她。达曼从另一边上车，他握住她的手。

“你看起来真美。”

她虚弱地笑笑：“达曼……”

“我带了伏特加。”他说，打开储物箱拿出一小瓶酒递给莎瑞雅丝，“打开它。”

达曼发动汽车。莎瑞雅丝心跳如鼓。他开上了主干道。

“喝吧。”他对她说。

莎瑞雅丝喝了一大口，但没把酒给他，他自己没法儿喝。莎瑞雅丝必须控制住局面。

“我不喝。”达曼说，“我必须保持清醒的头脑。”他对她笑笑。

“好的。”

“跟我说说我们差点儿死掉的那天。”他说。

“达曼，我想……”

“说吧？我希望死的时候脑子里只想着我们的事。”

莎瑞雅丝说了她知道的情况，她目睹他们做了哪些事，一直说到他们开车离开。达曼全神贯注地听她说，微笑着沉浸在其中。

“我真希望我记得这一切。”达曼说，“宝贝，谢谢你讲的这个爱情故事。”

“我们没必要这样。”她说。

“有必要，你肯定能明白，不是吗？这是我们爱情的顶点，这是我们的时刻，莎瑞雅丝。我们会永远被世人铭记。”

“达曼……”

“那里。”他指着不远处，大喊的声音盖过了发动机。

路灯照亮了诺伊达立交桥，它像迷宫一般，被称为机动车的死亡陷阱。莎瑞雅丝的手偷偷伸向手刹。如果他想撞向防护栏让车翻掉，她会拉住手刹。但就在这时，达曼紧紧地握住了她的手。莎瑞雅丝知道她另外一只手无法够到手刹。她知道他们用不了五分钟就会到达立交桥，她战战兢兢地看向达曼，但达曼在笑。

“不会疼的。”他安抚她，“我们经历过，很快就会过去，不会痛苦。”

“可是……”

“这次我们会死。后备厢里放着三个开了口的汽油罐。几秒钟内就会结束一切——我们会手牵手变成一个熊熊燃烧的火球！”他喊道。

“达曼……”

“我爱你。”他说，一脚踩下油门。

莎瑞雅丝喘不过气。

“达曼……”

“如果撞到护栏前的几秒能让我想起一切来，不是很棒吗？”

“达曼，你能慢……”

“如果我能看见你在我身边，不是很好吗？清清楚楚地记住你？”

车速达到每小时七十公里。

“达曼，我……”

“我知道这对你很难，但对我笑笑，就像你在梦里一样！看着我，就一次。别看路，宝贝。”

每小时八十公里。

“我……”

莎瑞雅丝试图挣开手，但他抓得很紧。他盯着她的眼睛，流着眼泪，口吐白沫。

“看着我，然后大声笑！我的爱人，为了我笑吧。”

“达曼，我们……”

“别说话，告诉我你爱我，好吗？我们的遗言也要完美，不是吗？”

“达曼，我……”

“说吧！像那天一样说吧。”他说。

“达曼！停车！”

“为什么？我们这么近了，马上就会像那天一样。”他说。

莎瑞雅丝努力用另一只手去够手刹，但达曼猛转方向，她的头撞在窗户上。

“我们真的做了。”他喃喃地说，加大油门。“我爱你！我们注定如此！”

“不要！”莎瑞雅丝喊道。

每小时一百公里。汽车底盘开始晃动。

“为什么不要？你不爱我了吗？你不记得了吗？那天就和今天一样，不是吗？”

他挂了最后一挡，汽车的速度越来越快。莎瑞雅丝心跳加剧。

每小时一百二十公里。莎瑞雅丝一脸泪水。

“求你！停下！”

“为什么？”达曼大喊。

“求你，达曼。让我下车！停下！”她尖叫说。

“为什么！我为什么要停下！该死的，我为什么要停下！”

“求求你。”她乞求道，眼泪流个不停。

达曼把马力加到最大。

“为什么！”达曼咆哮道。

他放开她的手。汽车朝着狭窄的急转弯猛冲，眼看要撞上去了！

莎瑞雅丝看向达曼，然后看向护栏。她发出尖叫，达曼则吼了回去——

“为什么！”

“因为我不是在车里的那个莎瑞雅丝。”她喊道。

达曼猛踩刹车，一阵刺耳的声音响起——轮胎摩擦着地面，散发出焦味，引擎发出低沉的呻吟。车身摇晃着停住了，烟雾包围了他们。

“出去。”达曼安静地说，用袖子擦掉眼泪。

“达曼？”

“滚出去！”他喊道，随即打开车门。

莎瑞雅丝跌跌撞撞地下了车，倒在地上干呕。达曼下车走到她面前，绕着她走来走去，手里拿着一根轮胎棒。他朝她举起轮胎棒，但在打到她之前克制住了。

她在他眼里看见了杀意。*他会杀了我。*莎瑞雅丝缩在角落里。

“你杀了她。你杀了莎瑞雅丝。”

“什么？”

“你就在开错车道的出租车里，你就在我想要避开的出租车里！是你制造的车祸。你才是莎瑞雅丝死亡的罪魁祸首！你就是那个几乎毫发未伤地从出租车里出来的女孩，是你让出租车司机开错车道。我在梦里看见的是你！不是吗？”

“不是！”莎瑞雅丝恐惧地喊道，“不是我！”

“你完了，莎瑞雅丝。别再说谎了。”他咆哮说。

他掐住她的脖子，冷冰冰的手指压着她的喉咙。莎瑞雅丝感觉喉咙快碎了，她无法呼吸，身体内掠过一阵刺痛。达曼放开她，她瘫倒在地上。

“你去果阿邦，你跟踪我，但我恰好遇到一个和你同名的人——莎瑞雅丝。”

“可是……”

“你无法忍受我和她在一起，所以你想结束这一切，是不是？你杀了她！”

“这些都是谎言！”

“谎言？这些是谎言？”达曼问，“等着吧。”

“你要干什么？”

达曼从口袋里掏出手机，打开了一个音频文件。

“听着。”

“什么？”

达曼靠近她的脸：“这是你的声音。你听不见吗，你这个蠢货？你在和阿芙尼说果阿邦的事。你承认了！”

阿芙尼：你想要她死吗？

莎瑞雅丝：当然！但车祸……

“听我说。”

“莎瑞雅丝，你有多变态？”

“达曼，听我说。我……”

“什么？什么？你想说什么？说你有把柄？别想了。对阿芙尼不利的视频已经没了。出书合约已经签好了。找找你的手机在哪儿？”达曼一边质问一边从口袋里掏出她的手机。

她站起来，但还没走一步，达曼就把手机扔到了马路当中，一辆卡车从上面压过去。

“你应该多做些备份。”

“达曼……”

“你完了。”他说，“如果你再靠近我和我的家人、朋友，我会亲手杀了你。”

“你……”

“去你的，去你的，莎瑞雅丝。”达曼说，眼泪也流下脸庞。

“一个女孩因为你死了，你活着是一个耻辱。”

“你什么时候知道的？这些……”

“一切都是假象。”达曼说，“你真的以为我会爱上你吗，莎瑞雅丝？我对你说的每句话，和你做过的每件事，我出院以后告诉你的所有事情都是假的。我从未爱上你，我从未迷恋你，苏米特没和阿芙尼交往！我们利用了你，我、阿芙尼和苏米特。我们只想从你手里拿回我们的东西。我只想让你承认事实，你很惊讶吗？你以为像你这样的人还能遇见什么其他事吗？现在，我们完了。”

达曼转身离开。他上了车，开车去见阿芙尼。这几个月里，他非常想她。

52

莎瑞雅丝看见苏米特坐在她入住酒店的大厅里。达曼让她心碎，他摧毁了她三年多来煞费苦心营造的一切。现在，已经过去了三周。她不能再待在丈夫的身边，离婚诉讼已经在进行了。没了手机，她就没了把柄。

她想独自待着。她需要休息一下，但几周过去了，她仍旧很伤心。

"你在这儿干什么？"莎瑞雅丝问。

"你看上去很糟。"苏米特说。

"我没必要和你说话。"

"当然。"他说。

"你骗了他！你说是我杀了莎瑞雅丝，可我没有！他认为我是凶手！"

“小声点儿，大家在看呢。”苏米特说，“我们难道不是总对他说谎吗？我？你？他的家人？莎瑞雅丝已经死了。哦，她没死。另一个莎瑞雅丝杀了真正的莎瑞雅丝。真相总是相对的，不是吗？”

“你是怎么做到的？”她问。

“我以为我们没什么好说的。”苏米特说，“你想来杯咖啡吗？我确定他们会记到你的账单里。你在这里几周了？三周？两周？”

他挥手叫来服务员，点了两杯咖啡。

“他怎么会相信你？”莎瑞雅丝问。

“你知道为什么每次我们告诉他莎瑞雅丝死了，达曼就会病情发作，变得很不稳定吗？因为那天是他开的车，他无法接受他害死了自己喜欢的女孩这一事实。”苏米特解释说，“但这次，我们做了不一样的事。”

“什么？”

“你找阿芙尼的那天，她也找了我，我们一起去见了他的医生。情况很棘手，我们希望他变得正常，相信莎瑞雅丝仍旧活着的谎言，这样他就不会陷入不稳定的行为模式。但是，我们不希望通过放任你的疯狂行为来达到目的。所以，我们想了另外一个办法。”他说。

服务员端来他们的咖啡。苏米特往两杯咖啡里各放了两块糖，然后喝了一口自己的那杯。莎瑞雅丝没动咖啡，安静地坐着。

“提取诱发性遗忘。我们上次也是这样做的。上一次，我们让他相信莎瑞雅丝活着，因为他的身体无法承受害死莎瑞雅丝的愧疚感。这一次，我们告诉他莎瑞雅丝死了，因为我们不能让他认为莎瑞雅丝回来了，或者莎瑞雅丝一直都在——一开始是跟踪狂，然后变成他的恋人。”苏米特说。

“可他怎么会相信……他怎么应对？”

“我们跟他说了一个全然不同的故事，比上一次的故事更难接受。他醒的时候记得你。每次他醒来，他都会记起车祸和发生在莎瑞雅丝身上的惨剧。接着，他会记起你，跟踪狂，所谓的守护天使。他会记起你做的一切。他会记得莎瑞雅丝回来了！他完全相信你这个跟踪狂就是车里的莎瑞雅丝。他会找你，但我们必须要让他离真相更近。所以，每次他醒来，我们都告诉他莎瑞雅丝死了，告诉他有关你的真相——你是一个想要取代莎瑞雅丝地位的危险的跟踪狂——他的反应很不好。我们坚持告诉他，真正的莎瑞雅丝已经死了，但他拒绝相信。所以我们用一点儿谎言粉饰了一下，试着让事实变得更容易接受。”苏米特眨眨眼，“接近真实的谎言最令人信服。”

“所以你告诉他，我在出租车里？告诉他是我制造的车祸？就是为了让我看起来是凶手？”

“正确。莎瑞雅丝死了，但另一个莎瑞雅丝活了下来，活着的莎瑞雅丝杀了死掉的莎瑞雅丝。所以，你和达曼手上都沾了鲜血。”苏米特说。

“你已经树立了你是一个危险的跟踪狂的形象，而他也在怀疑莎瑞雅丝已经在车祸里死了。我们只是把你放在了出租车司机的后面。刚开始的时候，他很难接受这个故事，但我们坚持住了。我们甚至不知道它有没有用，但我们知道必须要试试。”苏米特说。“慢慢地，他开始在梦里看见你。我们告诉他，是你催着出租车司机开快车。不久，他就在梦里看见了这一幕——他相信是你杀了莎瑞雅丝。”

“我没有。”

“你发了多少短信跟他这样说？”

“他总有一天会相信我。”

“哦，天真。”苏米特说，“他不会相信你。莎瑞雅丝，别争了。你的咖啡冷了。”

尾声

达曼的第二本书《挚爱女孩》写的是一个男孩再度寻找毕生挚爱的故事，受到了新老读者的一致喜爱。读者写了很多关于主角达曼和阿芙尼的同人文和同人小说。

此刻，庆祝派对——更像是一场合作团队的聚会——已经达到高潮。比如说，达曼已经醉了。

“那么。”他搂着阿芙尼说。

“那么？”

“你喜欢这本书吗，阿芙尼？”

“我还没读过。”

“哦，你还没读吗？我可能写了一个有点儿像你的女孩。”他说。

“是吗？”

“是的，她就是你，我想。虽然我写得不太成功——她不像你这么令人惊奇。”他说。

“你喝醉了，我想我得送你回家。”她说。

“你会留下来过夜吗？”

“当然，你为我写了一本书，为什么不呢？”

“那我们是在恋爱吗？”达曼含糊地问。

“你别想摆脱我，你以后的书都必须以我为主角。”她说。

“如果我不呢？”

“我会监督你。如果你想耍小聪明，你会付出代价。”

“我不会。”达曼咕哝着，然后和她接吻。

“我和你说过吗？除了我真的很爱你以外？”

“什么？”

“贾扬提接到了负责畅销榜单的那个编辑的电话，”他说，“他们说，明天我的书就会爬到榜单的第一位。”

“太棒了！”阿芙尼抱住他回吻，“我真为你高兴！”

很棒的一夜！他们到家的时候已经凌晨四点了。阿芙尼兴奋得无法入睡，她想第一个看到畅销榜。

早上六点，她起床从达曼的邻居那里要来报纸。她翻到报纸上的阅读版，就在这儿——*畅销榜第一名《挚爱女孩》*。她看向睡着的达曼，给了他一个吻。接着她坐在床上浏览其他报纸的内容，在第四版看到一篇小文章：“一个名叫莎瑞雅丝的女孩在中央德里的酒店客房里过量服用安眠药”。

“怎么了？”达曼睡醒问。

“没什么。”阿芙尼说，随手把报纸扔进了垃圾箱。

“你的书现在是第一名。”

“因为有你。”

“我知道。”她说。

“我爱你。”

“我也爱你，宝贝。”